KB080495

거울뉴런

차영한 시집

시인의 말

동전의 어떤 증상

언젠가는 마멸되겠지만 유보된 마멸의 바위와

바위 사이의 꽃나무보다 돋보이는 바위의 비밀이

아니면서 내 증상을 술회하고 있는 침묵 속에

어떤 물신적인 질문에 잃어버린 그 해답

그중에서도 먼저 슬라보예 지젝이 말한

"존재하는 것이 사유에 있지 않은 사유형식" 바로

내 무의식의 역설을 오래전부터 간파하려고 한

'실패하는 점'에서 일어나는 속성들의 이미지마저

분열하고 있나니 동일한 젓가락에 걸친 의식과

전의식들이 손가락 사이에 맞물려 전회하는 여기에

나를 실망시키고 있는 연쇄적 욕망들

자크 라캉이 말한 "항상 빛과 불투명의 유희", 바로

그 응시의 그것 사고뭉치 속의 표면에 밀착된 위치에

관찰자의 모순되는 실재계, 또 하나의 내용을 숨겨온

꿈과 수수께끼로 구멍 뚫린 형식 그것들을

여행가방에서 끄집어낸 물화현상 가치의 뒷면을

들춰보기도 한다. 그래서 내 여러 곳의 여행은

유인원 이전의 나를 찾아 지금도 추적이라면 충분치

못한 현혹적인 것들이 이미 내면의 이중적인

추상화abstraction와 충돌되지 않는 한, 바위들도

그 틈새의 꽃 이파리에 매달려 상상력의 안간힘을

다하고 있는, 기억들을 구름 발가락들이 먼저 알면서

시치미 떼고 있을까? 그 검은 간극마다 여우 눈빛 속의

솔라리제이션이 엿보이기도 한다. 다른 완성을 위해

매혹적인 환상(Phantasy)은 늘 이마고Imago로 날고 있지만—

이제는 무의식을 방대한 아나그램 자료들로 하여

콜라주하는 하늘 새로 하여 무중력의 우주를 무한히

항진하는 비행법 스윙바이Swing By를 하고 싶어—

2019년 5월

통영 미륵산 아래 봉수1길9 한빛문학관에서

차 영 한

차 례

● 시인의 말

제1부

제2부

제4부

제1부

새로운 눈의 탄생을 볼 때

날고 있는 구름 사이 빛나는 별은
내 눈알을 꿰뚫고 새카맣게 타면서도
초롱초롱 어둠을 밝혀주고 있어

거대한 꽃잎의 겹겹들이 벗기고 있어
폭발하는 성운들이 불꽃놀이하기 시작했어
중심으로 돌고 도는 행성처럼 소진된 힘 다하여
기체방울 속으로 떨어지고 있어

같은 눈빛들 다시 뭉치면서 달빛 속으로
이동하고 있어 경탄을 내뿜을 때마다
속눈썹 사이 새로운 별들 눈 깜박이고 있어
눈 깜짝할 사이 제 꽃자리에서 빛나고 있어

눈 감아도 다가오는 영혼의 파란 깃털 둘이 아닌
하나임을 가리키고 있어 경계로 흐르는 강과
바람들이 그 속을 씻어주고 있어 그대
아니더라도 낯선 배꼽 까만 점을 만지면서

움직이는 탄생… 윙크… 윙크 옳지!
팜파탈에서 아직 내가 살아서 또 새로운
나의 탄생을 실컷 보도록 하고 있어

느낌표는 느낌으로 지우고 있어

한 번 더 묻고 싶어서

새 아침부터 오징어 창시를 갈라내어 그 먹물로 확 뒤집혀놓고 성가시게 붓도 없이 붓글씨 쓰도록 하는 그거 말이야

눕혀도 좋은 세워도 좋은 네 구미 맞춰 펄펄 끓여 내 목구정까지 걸치도록 천천히 써보겠다는 글발 함부로 내갈겨야 쩡하게 찐한 맛이 우러나서 채울만한 거야.

바로 이마배 타고 우포늪 생이가래를 열래 작대기로 일으키는 목 구정 목젖을 짚어 혀끝으로 간살 떠는 그년이 쿡쿡 옆구리 찌르는 거 그것도 삐죽새 고것들이 모르게 감지하는 고쫌 즈그끼리 합수合手하여 뜻밖에 큭…큭 대며 웬 칼칼한 산골 물소리를 어느 놈이 되러 훔쳐 꼬리지느러미로 손뼉 치다 들켜버리지는 않나… 지랄같이 떨어대는 거야.

그래도 튀어나온 눈알 개구리가 꽃뱀 쫓아가는 실핏줄 열정에다, 불붙여 놓고 붓놀림 따라 어디 그것뿐이랴.

생각들 일으킬수록 침 삼키는 거 말고도 끄트머리에 걸어 세워도 눕고 날고 초저녁부터 서로 뒤엉켜 통째로 삼키

는 아무개식당 하루살이들까지 끝없는 환유로 갈라서다 날개들 따라 은유하는 너스레를 떨며 내갈기고 있어. 도마뱀 꼬리들로 써내려가는 그거 다 제 물때 살아서 내뱉는 내 코 풀게 감성 쪼가리들이야. 그래, 그래 새카맣게 태어난 눈깔이 죄지.

  우리끼리 카 아~익 웃어주면 되는 것도 접어둔 우산 꼭대기들의 빗방울 궁금증들이 일일이 하늘 받쳐 모르는 체 게거품 캐묻는 짓거리들이야 그것 봐! 꿈틀거리는 느낌표를 안타깝도록 스스로 지우는 느낌들이 문제야… 문제라 카이.

샤덴 프로이데Schaden-freude

달에서 본 지구의 원초적 바다 속성을 보네.
현기증의 포말들이 뇌관 속을 훑어대네.
해파리들의 엉성한 다리들은 자유지만
이미 알고 있는 몇몇 앞을 피해 일부러
웃통을 벗어든 채 히죽히죽 웃어대네. 간덩이와
허파 사이 적포도주를 쭉 들이켜네.
안주 없이 순창 고추장에 쿡쿡 찍어대네.
참을 수 없는 숨 가쁜 마른침을 되돌리네.

뱉어대며 썩은 계단을 밟듯 내키지 않는 두려운
눈짓들이 검은 구름 사이에서 번뜩 번뜩거리네.
지기미 오줌 살 냄새 맡고 새끼 황소처럼
입술 뒤집히며 참 다행이다 하네.
그러나 음! 하는 홍건한 신음 소리 마들렌으로
녹이는지 입술을 빨고 핥아대네. 가름할 수 없도록
밖으로 내쫓아 귓구녕만 후벼대네. 무섭도록
말벌들이 집 짓다 한 바퀴 돌며 본성을 결집시키네.

겉도는 헛웃음에 스스로 철렁 내려앉는 함정 파다

흉터 된 자기들의 불행들 숨기고 있네.
어느 궂은 날 약쑥 뜸으로 가장 아픈 진실을 또
훈제하고 있네. 늦가을이 눕는 자리에서
곡비 울음 보듬어야 하네. 그들의 쾌감을 위해
자네 웃음도 불태워야 하네.

참말* 먹는 법
— 이미지의 반란

부끄러움 앞에서는 떠오르는 태양도 그렇다
물속에서도 생생하고 초콜릿 빛깔을 유연하게
자랑하면서 감출수록 드러내는 구미를
감쳐오는 엄매 매! 엄매孄呆*, 맛이네

얌생이 침이 고이도록 부딪치는 혀끝을 관능적으로
폭발시키는 갯바위 파도의 파안대소로도
허락지 않는 놋젓가락의 야만성 짓눌러도
빗나가는 해조 이파리 물갈퀴들이 당돌하게
휘몰아 절시중 같은 전자음악 선율마저 포획하는
연주 앞에 확 열어버린 매직미러
창 너머 펼쳐지는 벨리댄스

굽이마다 자르르 참기름 넘나들 때마다
광란하는 메두사의 머리카락들이 내 하얀 접시를
돌리면서 암컷 모기가 사람 피를 탐하듯
쌍끌이하는 젓가락 부러지는 엉거주춤도
벌건 동굴 안쯤에서 요절내네 녹아 넘치는 군침부터
그냥 꿀꺽 삼키는 거식증에 분간 못하는 개말*도

늘 간 맞추는 간에서 흔들리나니

* 참말 : '모자반' 또는 사투리로 '모재기'라고 부르는 해조류海藻類로서 여기
서는 다의성을 내포함.
* 엄매掩呆 : 여자가 억지로 사실을 가리고 남을 모함하는 어리석은 일을
뜻함.
* 개말 : 참말이 아닌 먹지 못하는 해조류로서 여기서는 다의성을 내포함.

나무의 무아無我

자작나무가 눈발에 새빨갛게 타던
그곳에도 나는 없었다. 다만
나무가 밟지 못한 발자국들이
승냥이를 쫓고 있다.
어떤 확신감에서 살도록
푸른 핏방울의 기억을 위해

욕망의 구덕이 아닌 눈 속에 묻혀
있을 수 있는, 어쩌면 샤머니즘
피리 소리를 듣는 뼈다귀로 웃을 수 있다.
낡은 구름으로 꿈틀거릴 때까지

눈 내리는 응시로부터 벗어난 자유인의 숨결마저
어둠의 눈구정에도 영하의 입김에도 없다.
없다. 늘 관념적으로 나무아미타불의 기만
하얗게 불타는 나무로 있을 수 있다.

어떤 수면垂面

파란 눈매로 유혹하는 여인의 손에 끌려가는 소나 놈들 보네. 그 거실에 태엽·전지 없이 자동적인 '애트모스 566 마크 뉴슨*'과 '애트모스 클래식 문페이즈' 두 개의 탁상시계가 질투하는 눈알을 돌리는 순간 거실가구 3인용 '위더스 데코 패브릭 소파' 위에 2억짜리 '샤갈 시계'가 고양이 눈알을 돌리고 있어

시계에 들어오는 시계들이 놓인 화이트 콘셉트의 침실가구 '루나Luna 화이트'의 고급침대 맞은편 거울에 비치도록 58면체 빛으로 세팅된 '까르띠에 데스티네 솔리테어' 웨딩 반지가 매혹하고 있어

추방당하기 직전 숨겨 둔 보석상자 일부러 보이도록
여우털옷을 벗어 걸어놓고 엎질러진 유리천장 심장을 서늘하게 씻고 있어 저승사자 아귀물고기 두개골에 남은 소금기마저 핥아대는 강정너덜을 보여주고 있어 그 갯바위 샛길을 야생 하얀 염소 떼가 이동하고 있어… 그! 그 까만 점들을 등에 박은 채 콘트라텍스 방수 털 속으로 숨고 있어 수면, 수면垂面으로…

처음 만난 밤의 블랙관능들이 토막 난 채 매운 고추장에, 숨소리들이 쿡쿡 찍혀 체온 45℃ 이하로 씹히고 있어 아삭아삭하도록 오이고추 씹어대듯 비수 날 같은 이빨 보여주고 있어 넘어가는 고갯길 아래 허구虛溝*의 깊이에서 또 하나의 '씨마스터 플래닛 오션세라골드' 손목시계를 보고 있어 시퍼런 눈매로 빨려 들어가는 물갈퀴 난간머리 오메가 시계의 이안류가 그 소나의 긴 머리카락을 되감아 뽑으며 비통하고 있어

옛날 어깨 짚고 건너뛰던 진눈깨비 진물들이 궂니 너울 발로 꿀렁꿀렁거리기 시작했어 결별의 언덕 손짓마저 촉촉이 지우고 있어 망상들이 안개 피우고 있어 안개바람이 바다지느러미로 부활하고 있어

수만 개의 날개들이 뒤틀린 채 말(藻 · 言 · 馬)갈퀴로 휘날리고 있어 산맥을 넘지 못한 어둠들이 깊은 골짜기 비탈에서 앞발 들고 있어 아하! 그만 도로 강물 속으로 곤두박질하고 있어 녹내장 앓는 샛바람에 뭉텅뭉텅 빠지는 흰머리털들이 메워라 메우고 싶어 메아 쿨파Mea Culpa! 하면서 둥

둥 떠내려오고 있어 오! 여태껏 미혹하는 저 눈부신 물고기
비늘들로만 반짝이는 환몽일까?

* 애트모스566 마크뉴슨 : 별자리 · 달 모양 · 균사차(실제 태양시와 평균 태
  양시의 차이)까지 확인할 수 있는 탁상시계임.
* 허구虛溝 : 여기서는 허구虛構가 아닌 바다의 구릉을 일컬음.

그 여자는 요새
샤넬아이콘 속으로 출퇴근한다

  럭셔리 프리미에르*가 출시한 2013년 샤넬아이콘 속 간이역이 있어도 갈아타지 않고 반짝이는 우아함과 화려함 그대로 찰랑거리면서, 아무 말 없이 느긋한 둘레길을 걷는 카펠 같은 사내를 오직 사랑하는 눈 맞추기를 하면서, 째깍째깍 소리도 지운 채 긴박감마저 지연시키는 금욕열쇠를 쥐고 바삐 서두르는 걸음걸이 앞세워놓고 가로채는 눈빛 휘어지는 질투심만은 되돌려 주지 않고 있어

* 프리미에르première : 프랑스어로 '첫 번째'를 의미함.

지금 나는

달콤한 죽음의 잔인한 향기를 흡인하고 있네
앞뒤 위아래 모두 미쳐버린 듯이 불끈불끈 주먹만 쥐고
나는 나를 찾아 나를 사랑 하네

유황냄새 나는 숭고함 앞에 뒤섞이는 냉수대와 온수대에
서 데쳐내듯이 울부짖음을 껴안는 지옥탕의 김처럼 나를
내가 휘감아 나의 진실을 더 찾아 방황하고 있네

설령 그것이 강렬한 키스의 침액이 마른 입술에 감도는
싸늘한 주검의 해답일지라도 아무에게도 말할 수 없네 늘
내 몸을 후끈하게 불질러온 침묵 속 불덩이처럼 비밀한 나
에게 물어보는 냉랭한 거울을 보네 다시 비춰도 보이지 않
아 얼굴을 보여주는 경악한 대상을 철저히 물기로 지우고
야 마네

어떤 불륜을 끌어들여 저지를 것 같은 유혹의 시원한 낭
떠러지 아래로 굴러떨어지는 거세공포증, 크리스털 해골의
검푸른 손톱에 할퀸 채 손 없는 잔들끼리 높이 들어 파도처
럼 축배라고 외쳐보네

숙성된 응어리끼리 결박을 풀어 나를 부축하네

또 어디로 싣고 갈 차를 대기한 그림자들이 웅성대네 아직도 잃어버린 나를 찾고 있는 거울 속 운명을 저울질하지 안했는데도 어느 남해바다의 섬들이 무게를 키질하네

제2부

주말 봄에 허브 빗방울이 나를 낚고 있다

철쭉비가, 비가 다 그 슬픈 울음들을 감추지 못하네. 기슭 나비 날갯짓은 아니지만 추악함으로 떨고 있는 주말 봄 항구의 서호가 동호를 껴안고 둥둥 이안류에 굽 돌아오네. 여울목에 어선들이 비린내를 내던지네. 밧줄 끝자락 잡고 빙글빙글 나는 바닷새 떼들 간헐적으로 모때기로 나네. 빗방울 몰아칠 때마다 휘어지는 티베트 여인들의 허리춤 보네. 코에 흰 코끼리의 뼈로 고리 끼우듯이 기억들을 피싱한 흔적 보여주네. 디카로 그 구멍 안의 그물망에다 흥분을 산 채로 가두네. 일렁이는 꽃 너울 굴리는 물고기들 파닥파닥 뛰네. 아! 주이상스 꼬리지느러미로 나를 낚아채려고 하네.

토르소 여자인형

그녀가 그물로 짠 검은 장갑 손 내미네
내밀었을 때 허벅지로 기어오르는 하얀 스타킹
배꼽티에 닿아 내려뻗는 환삼덩굴이네

빨간 구두코 끝 거울에 비친 고양이 눈깔로
뻔질나게 꿀렁거리는 지하 계단을 삐걱삐걱
밟을 때는 놀란 콧구멍이 벌름거리기 시작하네

얼른 지나갈 때는 수챗구멍의 생쥐 꼬리네
별스러운 버전 암실에서 콤팩트로 확대할수록
셀프카 피사체에 찍힌 나비수염이 꿈틀대네

절단된 검은 장갑 낀 손이 작별인사를 하네
솔라리제이션에서 겹쳐져 실룩이고 있네

궁금증

반대자의 동의에도 균열이 간 벽을 안고
나의 중얼거림은 불만으로도 전염될 수 없어
러멘트* 러멘트로 무고를 소리치고 있어
동일한 악령들의 헬 헬 헬 웃음소리에도
주눅이야 들겠느냐마는 물론 제일 좋아하는
앵무새도 결말은 짓지 못하고 있어
내뱉는 촉감에도 식상하지 않는
달콤한 은유들만 구닥다리를 보수하고 있어

코뚜레 콧물이 마르지 않는 입증이 있어
가시적이라도 미제사건이 말소되지 않는 한
러멘트가 창궐하는 도시 변방에서
폰·폰 폰에다 해킹으로 저장한 거미걸음들이 있어
균열이 간 틈새마다 전율할 수 있도록 보이지 않는
그물망이 펼쳐져 있어 부추기는 분열들이
먼저 꽉꽉 덮쳐버리기 전의 한밤중을 보여주고 있어
별들마저 불안해하고 있어

잘 고장 나는 가로등이 현란한 미래라고

낭창낭창하게 입술들을 다물지 못하는
바람에 맡기듯이 결국 불꽃놀이를 해도
밝혀질 수밖에는 없지 않는 그것들만
공중에서 터져버리고 있어

* 러멘트 : 영어로 lament인데, 비탄 또는 후회를 뜻함.

이중성

늘 쫓아 억지로 둘러씌운 혐의를
결핍된 해명으로 내던져주지 못한
반쯤 눈 감긴 채 어리석은 봉합 결국
숨 쉬는 곳에 존재를 잉태한 그림자

찾아 헤매던 물줄기를 만나 물방울 속에
숨기는 하현달의 속눈썹이 문드러지는
온당치 못한 파래 낀 무모한 담론의 게거품만
밀썰물 지는 입가에 너풀대다가
개고랑창에서 넘쳐흐르는 욕구들

선동적인 공모로 빼앗아 머리 없이
모자 씌우고 있어 의심을 삭제하지 않은 채
경마장에 나타나고 있어 조련사처럼 담합하여
장애물을 뛰어넘고 있어 실망을 말 위에서
고삐로 당기고 있어 냉혹한 눈초리로
고백의 허물만 내려감추면서─

빨간 신호등 앞에 피는 맨드라미 꽃을 짓밟고

바이어스bias 개념으로만 등장하고 있어

닭구새끼끼리 제 벼슬 쪼아대는 자본주의 우울증

보고도 동일성으로 유유히 웃고 있어

마네킹 가발만 손질하듯 내달리고 있잖아

황금화살

그는 본능 앞에 세워 둔 붉은 말을
올라탔을 때 하늘 한복판에 쏜 화살을
찾고 있어 지금까지 돌고래 떼만 동원하여
샅샅이 나비는 물속에서도 보이지 않던
황금화살을 끝까지 찾기 위해

수만 마리의 크고 작은 물고기들을
풀어놓았지만, 바닷말[海藻] 사이를
지나 산호 숲 밑 가장 깊은 심연 그리고
산에서도 보이지 않는 미궁
그곳에 웬 바리데기를 시켜 물 길어
오는 체, 그러나 너무 군살이 쪄서 아마
믿을 수 없는 수십억 년 전부터 그
소임을 다하지 못한 더듬이 수염 따라
걷거나 헤엄치다 못해 지느러미날개는
얻었지만 그는 관능의 검은 말을
탔을 때는 눈부신 별들 보다가 눈멀어
그곳에 산다는 이야기도 모르는 그곳

문 앞에 부러진 황금화살 지나간
흔적조차 깜깜하여 어둠 속에 자질구레한
피주머니 화살만 고속도로 위로 질주하는,
눈부신 파충류들이 부러워서 펄펄 끓는
쇳물에 피를 담금질하듯 황금박쥐
날갯짓을 수습한다 황금화살 만들기 위해

버려져가는 바다

서로 충돌하고 있어…
꽃바구니에서 분노하는 생선들의 흰
눈깔들이 가시 선인장 꼭대기로
넘어가면서 다디단 사과들끼리
해를 붙잡다 폭발하고 있어
빨강 속곳만 입은 채, 패러글라이딩
쇼하는 부끄러움마저 다 벗고
넌더리나도록 썰매 타는 이모티콘,
카카오톡들 코카콜라의 난잡한 장난
끼들끼리 산산 조각내고 있어

시커먼 긴 꼬리 뱅에돔 같은 광기마저
튀어 올라 역광으로 벌떡이며
철새들이 들킨 의심 증상
고병원성 AI인플루엔자에 감염된 채
손가락으로 가리키는 오렌지 지붕에서
새로 터뜨리는 수만 개 고무풍선 자꾸
위로 날아오를 때 통가리 난 헝겊들마저
갈매기 떼 날갯짓은

너무도 허우적거리고 있어

늦게 서두르는 전염병 에볼라 실핏줄

셉테드 칸막이만 새카맣게 태우고 있잖아

눈부시게 거두질하는 톱니바퀴 해안선에서 저

기름띠마저 숨긴 채 검푸른 개들의

흰 머리카락들 희게 지도록 물고

끌어당기고 있잖아

눈 거신 곳 몰래 내버린 스팸메일마저

붙잡고 밑에 사는 차이가 격심해질수록

먹잇감은 이빨로 뜯을 때마다

발버둥치는 생선들의 시퍼런 눈깔들

눈티가 밤티가 되어가면서 그래도 살려고…

싸우고 있어 백내장 녹내장으로

으깨지면서 번지고 있어

!는 나의 지팡이다

나는 말없음표를 밟고 가는 느낌표

'!'는 나의 지팡이다 짚다 닳도록 짚다가
어느새 마침표는 진보라 강냉이 알에 박히다

해골 이빨에나 씹히는 캄차카 섬의
유빙遊氷 밑층을 떠돌고 있어

녹는 어느 빙산 기슭에 쉬는 내
발목뼈가 눈사람으로 눈을 밟아서

북극곰의 콧부리에 굴리는 물음표 되어
나를 숨기고 있어 지팡이 짚을 때마다
툭 쳐보는 고슴도치도 웃어주고 있어

벌써 바닷속에서는 벌거벗고 춤추는
달팽이가 춤추고 있어 다시 비만증에 걸린
군소로 변절된 그때까지도 살아

뚜벅뚜벅 걸어 다니고 있어 말없음표 따라

느낌표를 짚고 생각하니까

사는 그림자가 웃어주고 있어 허허!…!

정지, 보이는 겨울오브제

내 결핍을 물렁해지게 하는 비닐하우스 귤이
제 습윤을 움직이게 하는 커다란 사과 하나
섞어 바꿔치기하듯 바닷소금을 들고
배에서 내리자 부두에서 하역작업 하는
허벅지의 물살웃음소리 깔깔거리도록
칼크리* 하던 기억들을 되살리고 있어

미혹하는 루어*에 행운을 묶어서
내던지는 낚싯줄 휘어지면서 떨리고 있어
물었다! 낚아 올렸어 그러나 복어 한 마리
배때기만 부풀어서 올라온 내 의문표를
깜박이게 하는 궁금증, 아니 얕아 보이는
물속 자갈들 틈새 걸림돌들

꿈쩍도 않는 무게에 그날의 단절들
연계되는 잠재성들이었어
또 정지하여 보니 번식하고 있는
별 불가사리 떼뿐이었어

* 칼크리 : '깨끗이'의 방언임.
* 루어 : 여기서는 인조 미끼임.

제3부

바람칼

한때 히말라야산맥 위에서 노 젓다 마구
흔들리는 한 척의 돛단배를 기억하고 있어
돛폭마저 찢어지는 파열음에 검독수리 한 마리
시계 반대 방향으로 돌고 있어 누구를 애절하게
찾고 있어 아니, 티베트 어느 설상雪上 주검마저
칼질 당해야 갈증하지 않으려 하고 있어
저승의 이승기로 날 수 있는 영혼 내불러
자기 핏속에 감추고 있어 어디로 가자고 가서
언제나 밖에서 맞이하고 있어
따스한 햇살 짚고 흘러넘치는 물소리 같은
블랙유머 하나만은 칼질당하지 않고 있어
웃어넘길 수 있는 그만한 머물기에서
하늘을 사랑하지 않아도 신神은 오늘만은
용서해주고 있어 그 먼 종소리가
첫눈으로 내리는 산기슭 짬에 눈망울끼리
눈웃음치며 손잡아주는 땅에 내려주는
신의 웃음소리를 들려주고 있어
눈 닦고 보아도 보이지 않는데도
진짜 지금 막 소리 없는 무인비행기가

안착한 공항 출구에서 기다리는

전생前生을 만나고 있어 인연을 덥석 안아주듯

허락된 한 몸끼리 고백하는 눈물들 닦아주고 있어

우리가 산다는 것은 찾는 자의 몫이기에

눈 감길수록 내 결핍은 더 감미로운

기억으로 꽉 차 있어

비로소 말하기에 항상 날아올라야 나는

살아 있어 죽어서는 바람칼 되고 싶어

바람칼은 편백나무 숲으로 귀환하고 싶어

* 바람칼 : 날고 있는 새의 날갯짓을 일컬음.

거울뉴런에서 날갯짓하는 나비

두 마리의 나비가 날갯짓으로 날아갈 때는
한 마리의 나비로 날고 있네 눈웃음으로
다 열어놓는 창공에서 곡예를 할 때는
두 마리로 날기도 하네
분명히 날 때마다 산줄기의 핏줄들이
역동하는 날개 유유자적하는 깊은 골짜기
물빛이 만드는 거울에 반사된 햇살 눈부시게
환기시키는 터치스크린의 메뉴판은 화려하네

진정성은 안에서 밖으로 걸쳐놓은
집게 에너지를 네트워크 하고 있네
키보드 없이도 저 날카로운 촉수로
소탈하는 자유로운 숲을 움직이고 있네
신세계를 외피 없이도 훈훈하게
보이는 것은 쉬어서 가더라도 잠시
손짓하듯 머물러 사유하는 내러티브로
자동 접속되는 늘 따뜻한 노크—
처음 만날 때의 산기슭 같은 푹신푹신한
패턴이 먼저 알아채고 모니터에서

한 마리의 나비를 보는 또 한 마리의 나비

바로 거울에다 입김 스쳐도 공감하는
날개 보여주네 한 눈을 감겨도
바라는 눈높이만큼 환히 보이게
날갯짓하는 거울뉴런 오, 뇌신腦神이여

인간 뇌의 비밀은 어딘가에 있어
― 게놈 완성에 힘입어

40억 년 전 지구에 최초의 생명체가 탄생했고, 인간의 두
뇌 유형이 4천여 종이나 넘는다면 10억조 세포가 잘 보존
된 몸 안에 있다면 그 이전의 인간 뇌의 DNA는 20만 년 전
그 이전 어디에선가 있어…

연구자들은 수천수만 년이 지나면 DNA가 모두 분해된
다 하지만, 언제나 호기심의 기다림이 설레는 것은 지금도
믿어지지 않아 "인간의 몸을 이룬 원소는 별의 원소다"라고
할 때까지, 지구의 나이가 46억 년(또는 45억 년)에 원시지
구의 속살이 25억 년이라면 그때 날아온 별의 부스러기 운
석들에서 더 오래된 우리 뇌의 DNA를 찾을 수는 없을까?
그때 뇌의 세포분열은 없었을까? 눈이 9개 달린 현미경보
다 더 정밀한 광센서를 통해 3D나 곧 나올 4D나 5D로 생
생하게 볼 수는 없을까? 우주입자 뮤온muon에서, 앞으로는
전혀 다른, 새로이 발견될 우주 입자를 통해서도 생명력에
대한 강렬한 믿음만은 지울 수 없어 미지의 빛 테라헤르츠
파가 존재하는 이상에는…

맥 폴린이 주장하는 뇌의 3층 구조를 전적으로 믿을 수
있을까? 전전두엽의 인식작용이 500만 년간 3배로 커졌다
하더라도 뇌의 비밀을 발견한 것은 현재 10분의 1 정도밖

에 안 된다면 융합과학에 대한 궁금증은 뇌줄기처럼 치렁 치렁 치렁거리고 있어

  한반도라는 땅덩어리가 적도였다는 사실에서도 경이로 움으로 가득 찬 설렘뿐이겠어? 호기심의 지느러미가 손가 락으로부터 진화했을 때쯤의 그 이전으로, 거슬러 환동해 권 선서수렵 공동 유적지로 보는 울산 울주군 언양읍 대곡 리에 거북이 한 마리가 넙죽 엎드려 있는 형상을 반구대라 하는 바로 거기에 있는 암각화, 거기에 부감법과 다시점기 법으로 그릴 때의 격한 숨소리가 들려오고 있어 상괭이 북 방 긴수염고래 혹등고래 귀신고래 향고래 범고래 들쇠고래 7종 57점에 달한 고래를 비롯한 22종의 동물들 모두 353점 이나 그리다 멈춘 다음 날 다시 흥분하며 그려 넣던 박동 소리 들리고 있어 5억 년 전 강원도 석회암 속에서도 지구 의 빛 소리도 들을 수 있어

  1~2초에 블루라이트가 망막을 뚫고 각성뇌파를 자극한 다면, 이미 가야의 무덤 속에서 빛나는 별자리가 사실로 밝 혀졌다면, 공통조상이 살았던 5백만 년에서 7백 년 전 해저 海底를 샅샅이 뒤지면 본래의 수생유인원 흔적들을 찾을 수

있어 설령 가설일지라도 그 당시 인류의 조상 '오스트랄로
피테쿠속'은 420만 년에서 120만 년 전 사이에 살았다는 흔
적이 뒷받침하고 있어 더군다나 인간의 몸매가 유선형이며
호흡조절 할 수 있는 자동기능과 눈물과 땀에서 염분이 배
출되는 데서 관심은 더욱 주목되고 있어

　　또 지구를 직각으로 1천km 파고 들어가 거대한 바다가
있다면, 혹시 그곳에도 있을 수 있어 바로 삶과 죽음의 경
계는 확실히 줄기세포로 얽혀져 있기 때문에 단순한 인식
적 한계나 상상력으로만 무조건 단념해버릴 수는 없잖아

　　이 엄청나고 두려울 만큼이나 아름다운 신비의 염색체는
핵 안에 염색체가 들어 있고 염색체는 DNA와 히스톤단백
질로 구성된 유전형질로 되어 있기에 어리둥절하여 풀지
못한 신神들도 DNA 지도에 있는 유전자를 보고 고개를 갸
웃거리고 있어 지금도 물음표는 입술에 매달려 중얼중얼대
고 있어 그 이전의 숨뇌(연수) 숨소리는 더, 더 이상, 1백30
억년 거슬러 올라가면 알 수는 없을까? 외계의 지적 인류
DNA가 살아서 물결치는 빛을 다른 별에서도 찾을 수 있어

　　페르미의 역설(Fermi paradox)에서도 오래된 의구심은 상
징계를 꿰뚫으며 날갯짓하고 있어 모든 생명을 단축하기

위해 마치 영화 매트릭스의 투명인간만 실체인양 인정하듯 육지가 바다인 줄 모르고 살아온 허구성을 들먹거리는 익살들 그것도 공중의 물방울들로 오르내림의 메시지들로 인식하는지 몰라

몇억만 년 전 해저에 있었던 에베레스트산 위로 노 저어간 통나무배를 탄 DNA는 지금 어디쯤 있을까? 1977년 초속 17km로 현재까지 가장 빠른 우주팀사신 '보이저 1호가 2013년 8월 16일자 보도한 과학전문지 사이언스 데일리에 잡혔어.' 발사된 지 지구로부터 175억km 거리에서 35년 만에 태양계를 벗어나 성간星間 우주세계로 계속 항진'하고 있는 것은 우리네 망각을 계속 일깨우고 있어 이건 증강현실(AR)이 아니야, 아니, 미국 메릴랜드대 연구진이 '보이저 1호'가 보내온 자료 분석 밑줄엔 퇴화된 의문부호를 NASA가 각주로 달아 놓았다니까

그러는 동안 세 번째 화성에 간 아이, '큐리오시티'가 2012년[壬辰年] 화성의 지름 154km 분화구 안쪽에 안착하였어 '샤프산' 향해 매일 100m씩 전진하여 2013년 9월 최종

목적지인 5km 높이 샤프산에 올라 미생물의 흔적을 발견할 것이라는 기대감을 갖고 있어 2018년 7월 25일 '이탈리아국립천체물리연구소 로베르토 오로세이 박사 연구진은 로마에서 〈마스 익스프레스〉* 화성 탐사선이 화성 남극 근방 동경 193도 남위 81도 위치에서 얼음층 1.5km 밑에 지름 20km의 호수를 찾았다'고 밝혔어 호수 깊이는 최소 1m 이상으로 추정된다고 했어 2018년 12월 19일(현지 시각) 미국 NASA의 화성 지질탐사선 '인사이트In Sight호가 로봇 팔을 1.6m가량 벌려 화성의 지진파 측정을 하고 있어 꿈의 실체도 보는 날 머지않아—

화성의 비밀을 악전고투로 꿰뚫어 새로운 생명체를 찾았다 하더라도, 과연 신의 입자만으로 모든 것을 밝히는 데는 한계가 있을 수 있어 그러나 플랑크 위성이 있잖아 빛을 내는 물질이 전체 질량의 5%에 불과하지만 미세한 빛을 아주 정밀하게 알아내기 위해 뒤쫓고 있어

이제야 우주태풍은 22%의 암흑물질에서 일어나고, 73%는 암흑에너지라니 날로 우주탄생 비밀이 우주의 순리에서 현현顯現되고 있어

칼 세이건 박사가 말한 지구는 "창백한 푸른 점(pale blue dot)"이라는 것에 나는 동그라미를 쳐 놓았어 그 우주 밖에 우리를 찾는 카이로스 시간이 생명의 세포신細胞神으로 건강하게 숨 쉬고 있다는 거야 생명이 신神인 이상, 코스모스가 있는 이상, 미지와의 반응에서 질문은 아주 낯설게 우리들을 찾게 되어 있어 멜랑콜리아적인 우리 몸의 원초적인 노랑 신호음은 신들의 현주소에서 타전되어오고 있어 '운석은 외계의 통신'이라고 하기에 3층 구조로 된 사람의 뇌(1.45kg)가 "약 22억 '메가플롭mega flop' 계산에 20~30와트 정도의 에너지가 소모되더라도―." 또 우리들의 그리움이 신神의 염색체 DNA에 활화산처럼 내재되어 있는 이상 창세기 32장에 나오는 야곱처럼 어딘가에 홀로 보이지 않게 숨어서 싸워 이긴 다섯 손가락 모습의 메시지가 빠뜨린 내 뇌의 미지수들과 충돌하고 있어―

우리는 돌연변이기에, 신 또한 돌연변이기에 염색체 DNA에 파일을 저장하지 않아도 유도만능줄기세포가 시간을 돌렸기에, 우주의 퍼펙트에서 찾아야 하는 우주의 뇌 회로를 위한 뇌지도가 뉴런 하나하나로 연결된 이상, 고고학계에서 구분한 '유스테놉테론(3억 8천 500만 년 전)'에는 어류가 네발동물 진화를 시작하여, '틱타알릭(3억 7천 500만 년 전)'에는 모가지를 가진 최초 물고기의 두개골 골격을 갖춘 진화에서, '이크티오스테가(3억 6천 500만 년 전)'에는 초기의 네발동물(양서류의 조상)이 발형하여, 약 700만 년 전 '초기영장류시대에는 공통조상으로 보는 인류와 원숭이가 등장한 것'으로 발표함에 따라 전 전두엽을 추정할 수 있어

1만 년 전부터는 인간의 모습으로 나타났다 하지만, 20만 년 전 아프리카 호모사피엔스Homo sapiens 출현 이후, 4만 년 전에는 유럽에서, 6만5천 년 전은 중동과 유라시아가 뒤섞인 DNA으로, 멜라네시아까지 이동하는 과정에서 데니소바 동굴에 거처하던 데니소바인들의 경로와 뒤섞인 연대는 5만 년 전으로 발표되었어 근황에는 사우디아라비아 네푸드사막 알 우스타에서 8만5천 년 전 당시 인류의 이동경로를 알려 준 호모사피엔스 손가락뼈가 6만 년 전에 아프리카로부터 떠났음을 뒷받침하고 있어 이미 발표한 앞의 6만 5천 년 전의 중동과 유라시아가 뒤섞인 DNA 주장설에

근접하고 있어 동유럽의 끝자락에 위치한 지금의 불가리아 그곳 당시 '스바네티 마을'이 지금도 해발 5천6백m나 되는 황금산 캅카스산맥에서 운 좋은 날을 위해 살고 있는 희망의 DNA를 기대할 수 있어 4천 개의 황금조각으로 만들어진 갑옷과 '사르마트금관', '틸리아 테페 금관'과 '신라금관'과 닮은 초원의 길 어디에선가 말[馬]을 탄 사람들의 유목민의 말과 말 사이의 8천km의 긴 그림자 연결 고리가 되는 황금마스크의 해골에서 찾아낼 수 있어 기원전 4천 년쯤 유럽 헝가리 동쪽에서 중국 국경 지역에 이르기까지 6천 4백km에 펼쳐진 유라시아 초원지대에 방목하여 기르던 말들이 인류문명의 메신저로 뛰어 오가는 문명이 클로즈업되고 있어

   그 이전의 말들도 있을 수 있어 그 말들을 타고 서西아시아인들이 유럽으로 이주하면서 흰 피부로 백인들이 탄생하기 전, 그러니까 8천 년 전까지는 검은색이라는 유럽인들을 찾아내기까지를 거슬러 올라가면…그러한 주장설에도 10만 년 전 네안데르탈인이 3만년 내지 4만 년 전에 멸종한 것으로 알고 있는 DNA가 1~4% 정도는 현재 인류에게 남아 있다고 볼 때, 어리석은 우연 일치가 아닌 재회는 가

능할 수 있어 새로운 가능성은 열려 있다면 엉뚱한 생각이
아니라 호주 원주민들 사냥무기의 부메랑을 나는 믿고 있어

지금도 분명히 몇억만년 전일 꺼야 그때가 유럽이나 러
시아에서 제일 높은 엘부르즈산이나, 에베레스트산이나,
'분노한 신들의 안식처'라는 의미를 지닌 티베트의 암드록
쵸 호수' 일대나, 시베리아의 툰드라 매머드의 상아 엄니
등등 궁금한 것으로부터 빙하기에 살던 매머드 플라이스토
세世의 장중한 발소리가 지금도 들려오고 있어 시베리아의
350개의 강이 몰려드는 바이칼호수 부근이나 대흥안령 북
쪽 지역 어느 마을에 살던 한민족韓民族의 핏줄 웃음소리도
들려오고 있어 브리아트 몽골족 마을 어느 기슭에 사는 아
리랑 노래와 춤추는 소리가 들려오고 있어 그들끼리 예쁜
아이에게 키스했던 냄새마저 잘 맡는 순발력이 진화를 거
쳐 온 길 찾을 수 있어 우리의 DNA가 새카만 눈동자들 속
에 살아서 공존하는 것이 보여 2007년 영국 옥스퍼드 대학
연구진이 몽골 북동부 살크힛 계곡에서 발견한 몽골원인,
머리 덮개 뼈와 코뼈와 눈두덩 뼈가 완벽하게 남아 있어 방
사성 탄소연대측정과 유전자 분석에서 3만 4950~3만 5000

년 전 현생인류인 호모사피엔스라고 밝히고 있어 현재도 매화무늬가 있는 아무르표범과 마주하여 으르렁거리며 자기의 운명을 극복하는 몽골 타이가 차탄족이 소금으로 길들이는 순록을 타고 달리고 있어 한 아이가 흘리는 콧물 빨아먹고 수대數代를 이어온 해골들의 숨소리를 자작나무 뿌리는 따뜻이 껴안고 있을 것 같아―

  현재 이 지구의 캄차카반도에서 제일 처음의 생명체가 탄생했다는 주장설을 믿어야 하는 것까지 일별해서는 안 돼
  1백37억9천8백만 년 전 지구의 탄생으로 보는 그 빅뱅에서는 불과 지름 10km밖에 안 되던 이 초라한 지구의 바다 밑이나 만년설 같은 곳에 묻혀 있을 수 있다는 소식도 들려올 것 같아
  우랄산맥, 히말라야 설산 속을 비롯하여 아직도 인류의 발상지로 보는 나일강, 티그리스강, 메소포타미아나, 시나이반도의 유프라테스강, 중국의 황하강, 동남쪽으로 흐르는 길이 2천506km나 되는 인도의 갠지스강이나, 아니면 적도 중심부에 있는 에콰도르 나라를 믿고 싶어 그중에서도 북아프리카로부터 발칸반도, 몽고의 고비산맥이나, 중

국 타림분지 중앙에 있는, 북은 천산산맥, 남은 곤륜산맥, 서는 파미르고원으로 둘러싸여 있고, 북부와 남부 끝자락에 실크로드가 있었던 타클라마칸사막이나, 동ϰ티베트에 위치한 해발 3천459m의 메리설산을 영국 소설가 제임스 힐튼의 '잃어버린 지평선'에 나오는 지명으로 유토피아로 묘사된 곳이나, 룸바니가 있는 네팔을 거쳐 인도로 가는 신라시대 고승 혜초가 지나던 사마르칸트나, 우주의 중심을 수미산으로 본 카일라스산이나, 마나사로바 호수나, 샴발라산의 신이 살던 구게(동굴)왕국이나, 생명의 핏줄 같은 장장 차마고도 5천 600km를 관통하는 빛의 프리즘 같은 빙하 속으로 걸어 들어간 블랙야크와 함께 마주하는 염색체의 분량을 연민으로 나누는 영혼들의 눈빛들이 지금도 그렇게 살고 있을 수 있어―

어떤 산 비탈진 너덜겅 속에 장수비결을 갖고 있는 무드셀라 증후군이 찾는 땀과 눈물의 구성진 노래에 인류의 뇌세포가 살고 있을 수 있어―

방사선탄소연대측정법을 달리하여, 에베레스트산 8천 800m쯤 깊이 쌓인 눈 밑 더 깊이의 탄소14 덩어리에 생생하게 뻗어 있는 누군가의 핏줄이 한 여름날의 쪽빛 바다 굽이치는 물결무늬처럼 그대로 드라이 된 미라로 살아 숨 쉬는 신호가 계속 들려오고 있어 우리도 하나의 탄소 알이기 때문에 천지개벽 찰나 생명의 탄생 줄기세포는 분명히 어디에 존재하고 있어

　뇌의 시냅스와 전두엽이 연결된 바깥벽 너머 태양계 밖으로 튀어 나갔든 간에, 또한 원심력으로 나갔든 간에, 최초의 인류세포가 남극과 북극 지방이나, 최초의 인류가 발원했다는 주장설이 설득력을 갖고 있는 아프리카의 케냐나, 잠비아와 짐바브웨 경계에 있는 악마폭포로 불리는 빅토리아폭포 주변이나, 5천 985m의 킬리만자로 정상이나, 알라스카를 건너간 발자국이 멈춘 그곳이나, 캐나다와 미국 경계의 나이아가라폭포 주변이나, 깃털 달린 뱀 즉 쿠클칸이 마야의 신으로 불리기 그 이전이나, 잉카 이전의 나스카사막에서 볼 수 있는 거대한 문양, 비를 내려 달라는 4개의 손가락들이 갈구하는 모습을 한 나선형 우물을 남긴 나스카 마을의 강가나 초목 속이나, 잉카문명의 태반인 페루의 3천 810m에 위치한 티티카카 호숫가에 살던 비라코차의 아들 망코 카팍이 파론 골짜기 기슭에 감자 캐던 그곳 200개나 넘는 활화산이 있어 마그마로 팽창한 안데스산맥

이 신神과 커넥션 시켜주는 6천m나 되는, 페니텐트 얼음기둥에 빙하새가 살고 있는, 5천 500m의 켈케야 빙하가 말해주는 하얀 산맥에도 뜨거운 숨소리가 들려오고 있어

그리고 아마존강의 숨소리 짚는 분홍돌고래 떼는 알고 있을 것 같아 아직 그 이전 어느 곳에 사는 사람이 전부 지배하지 못한 판타나우의 땅을 검정 칼새가 지배하는 남아메리카의 심장이 심쿵심쿵 쿵쿵대는 맥박 소리가 절규하는 그곳에 있을 수 있어—

나이아가라폭포의 4배나 큰 12개의 이구아수 물기둥 80m 폭포를 볼 수 있는 아르헨티나는 물론 파라과이와 마주보는 브라질에서도 볼 수 있는 악마의 목구멍이 있는 주변이나, 과테말라의 정글이나, 아마존강과 같은 어느 거대한 강가의 마을이나, 포르투갈어로 '1월의 강'이라고 불리어오는 리우데자네이루나, 다윈이 찾지 못한 갈라파고스 바다 밑이나, 카리브해의 축제에서 춤추던 DNA날개가 떠밀린 어느 해안의 파도로 살아 있을 것 같아…

이스터Ester섬에 있는 모아이석상石像의 돌 모자를 도르래의 원리로 올려 씌운 '푸카오Pukao'에 묻어 있을 수 있어

폴리네시아Polynesia의 마오리족族의 카누 노櫓 끝에서 웃고 있거나, 그들의 감자, 코코야자나무 뿌리나 이 지구의 모든 섬들, 무인도들의 산호초로 살아 있을 수 있어 1932년에 자바섬의 중부 솔로강가에 있는 하안단구 위에서 발견된 화석인류, 1,100cc로 자바원인이나 베이징원인보다 큰 뇌 용적은 아시아형 네안데르탈인 아니면 오스트레일리아 원주민과 관련되는 화석인류라고 볼 수 있다면 1986년 세계 자연유산에 등재된 오스트레일리아의 퀸즐랜드주와 뉴사우스웨일스주 지역, 약 2천만 년 전 형성된 순상화산 침식칼데라 지역인 '곤드와나 열대우림' 어디엔가 살아 있을 수 있어 심지어 꼭꼭 숨겨놓은 초원의 뜻을 가진 알프스 산길의 물줄기가 머뭇거리던 어느 지점의 숨소리마저 들려오는 것 같아―

'영혼이 히브리어로 루아ruah, 곧 호흡'이라면 생명에너지 영혼의 숨소리도 찾을 수 있어 인공지능AI이 인류지능을 보탠 것 그 이상으로 월등하여, 통제 불능한 지점, 즉 싱귤래리티Singularity가 아늑한 카페[a cozy cafe]로 화려한 귀환 스타크래프트를 통해 알 수 있어… 꿈을 버리지 않는 이상 막연한 상상력이지만 서부 오스트레일리아에도 살고, 아프리카 케냐나 탄자니아에 살고 있는 '영혼의 나무', 아니 우유나무로 불리는 바오밥(또는 비오밥) 나무, 오천년이나 생명력을 가진 그 바오밥나무 위로 내리는 은하수는 물론 페르세우스 유성우가 쏟아지고, 에타카리나 별처럼 죽어갈수록 유난히 빛나듯이 별의 눈빛을 위해 '블루 홀에서 바람이 나오는 분수 물줄기가 솟구쳐 오르는 것'처럼 나의 아바타의 노래는 더더욱 중단될 수는 없어

　빅 히스토리 창안자 '데이비드 크리스천이 주장한 '골디락스 조건이 생성된 가장 알맞은 조건의 그 시기에 생명이 시작되었다'면 포유류가 출현하는 등 지구가 변화기 시작하는 그 시기로부터 인간의 역사를 다시 탐구할 수 있어 2018년 10월 현재 96세나 되는 미국의 벨연구소 아서 애슈킨 박사가 개발한 광합 집게로 DNA 이중나선구조의 탄성을 측정할 수 있는, 즉 DNA 양쪽 끝에 아주 작은 입자를 부착한 후, 광합 집게에 의해 붙잡아 용수철처럼 늘였다 줄였다 할 수 있어 미생물 구조 연구는 물론 원자간 결합 에너지 측정에 실용화되는 희망의 빛이 이곳까지 가리키고 있어 신이 된 인간 즉, 호모데우스Homo Deus가 도래하는 것을 바라는 것이 아니라 우선 나의 자작시를 써서 이 지구의 아

바타(分身)인 인간 뇌의 비밀을 간직한 누구에게도 노래로
띄워 보내고 싶어 신호에 그칠 수는 없어 반드시 답신이 올
수 있다는 것을 나는 믿어

　기필코 우리가 원시근본으로 돌아가면 깨닫는다는 희망
을 믿기 때문에 보이지 않는 길에서 미래의 실체를 만날 수
있다고 확신함으로 이 시를 쓰고 기다리고 있어.

　어린 왕자를 위해
　별들이 새들로 날아오는 걸 보고 있어
　새들이 꽃이 되는 걸 보고 있어
　은하수에 뿌려진 꽃씨들
　바오밥나무 하얀 꽃 속에서 속삭이고 있어
　새알 소리들이 들려오고 있어 오!
　인간 최초의 숨소리를 거역할 수 없는
　더 지혜와 슬기로움으로 강해지라고
　끊임없이 들려오고 있어―
　인간들만이 아바타들 보호자로 나서라고
　나서라고 자신 있게 나와 보라고
　나와서 나의 존재를 보여 달라고

미래의 뿌리로 응집하라고 호소하고 있어

* 마스 익스프레스 : 유럽우주기구(ESA)와 러시아 연방 우주청이 공동 개발
한 화성 탐사선임.
* 부감법 : 그림 그릴 때 시점을 높은 곳에서 아래로 내려다보는 것처럼 그리
는 기법으로, 조감법이라고도 함.

나를 찾아 멀리 나는 새

땅에 앉았을 때부터 부질없이 살아온 그 자리 후끈하게 가슴 한복판 솟대에 불타던 기억들이 나의 DNA에 남아 있어 하나씩 하나씩 빙하의 깃털이 쭉쭉 뽑히고 우주 밖으로 활공하는 해방감의 열비悅飛를 얻고 있어 한라산으로부터 백두산을 한 바퀴 돌아 만주 중앙아시아를 거쳐 히말라야산맥을 주름잡아 끌고 있어 잉카 마야문명의 숲 그 이전의 숨결과 생명력을 향유해 있는 마추픽추로 날아가고 있어

절대자유의 메신저 콘도르 새로 날고 있어

이 나라에는 죽음이 없는 고귀한 생명의 땅이기에 잠깐 날개를 바꿔야 했어 모든 것 뿌리치고 가파른 안데스산맥을 넘어서 깎아내린 2백 미터의 절벽에서 몸을 던지는 눈물을 자기 날개로 받아내면서 다시 환생하는 영혼의 새로 날고 있어 오로지 진화할 수 없을 만큼 유전적인 비상력 그대로 날갯짓하고 있어

이글이글 불타는 눈빛으로 고난도를 자랑하는 착지에서부터 천연치료제 점토를 찍어내어 핥으면서 계속 날 수 있어 이빨 갈아대는 악마들의 저주와 너무 믿는 육질 예찬에

휴브리스Hubris 하지 못하도록 소름 끼치게 날고 있어 통쾌
감의 목구멍을 쭉 벌리면서 후줄근한 야수들이 으르렁거리
는 울부짖음마저 하늘 높이 토해내고 있어

갑자기 정글 숲을 통째로 내다 건 거대한 푸른 가마솥이
펄펄 끓고 있어 줄줄 흐르는 육신의 땀구멍들이 뻔뻔스럽
도록 입 벌리고 있어 지쳐버리지 않도록 이 더럽고 추잡한
지상地上의 탁한 육수에 푹 빠져버린 포기를 수만 번 담금
질로 건져 올리고 있어 뼈는 추려내어 더 가볍게 갈아 끼
우고 있어 단단한 날개를 활짝 펼 때까지 무거운 흰 눈썹까
지 뽑아 홀홀 털어 버리고 있어 붕붕 뜨는 아주 절묘한 삼
삼(3·3)으로 날아가면서 깎아지른 절벽과 맞서 날아오르는
나의 편협성을 날카로운 발톱으로 챔질하고 있어 산산조각
으로 흩날려 버리면서 중심 잡아 내면을 관조하도록 냉엄
한 자제를 가하고 있어

오색찬란한 눈물방울들을 문 금강앵무새 떼들이 날아오
고 있어 원초적인 영혼을 순간적으로 포착할 수 있어 멀리
서부터 안개가 눈 감겨도 그 하늘 아래 분명 어딘가를 벌써
미러 뉴런mirror neuron은 대부분 알고 있어 낯선 잉카 마야

숲, 그 이전 숲으로 당도하는 콘도르와 큰스키 칼새 떼가 공존한다는 그 절벽 높이를 잉카인들이 가리키는 믿음은 빗나 가버렸어

나를 오인할 수 있었던 곳은 페루의 수도 쿠스코 광장 콘도르 칸키*의 사지를 찢어 살육한 생피 한 사발을 쭉 쭉 들이켜는 그때의 스페인 해적들을 볼 수 있어 그들이 만행하던 그 광장에서 그것도 모자라 파충류시대의 카이먼 악어들이 사는 밀림 속으로 끌고 가서 남은 살점마저 찢어 내던지던 곳, 왜 나는 순간 그곳에서 나를 찾고 있을까?

흡혈귀들이 웃어댈수록 피비린내 원한들이 알리려는 두려움과 절망의 경계에서 나의 착시는 탈출을 과감하게 시도하고 있어 먼저 하늘을 믿고 나는 한 마리 콘도르가 나의 눈짓으로 비상하고 있어

바로 저기 이구아수폭포 일대에서 안데스 절벽을 반경으로 해안선을 주름잡아 기원전에 잃어버렸던 나를 찾기 위해 지금도 높이 그리고 멀리 날고 있어

* 콘도르 칸키 : 1780년 농민봉기를 일으켜 스페인과 격렬한 싸움 끝에 생포되어 사지가 찢기는 처형을 당한 영웅으로 페루의 화폐에 나오는 인물.
* 2018년 통영문학지 제37집, 159쪽에 발표함.

나이아가라폭포

어쩌다 삶은 타조 알이 막 이빨에 닿는 순간 현기증을 일으키고 있어 순간 공룡 알로 꿈틀거리다 지옥 탕으로 굴러떨어지고 있어 울부짖는 공룡 울음소리… 들려오고 있어 마치 지구가 최초로 빅뱅 하던 천지개벽 소리와 뒤섞이고 있어

천둥소리에 연방 번쩍번쩍 빛나는 번개에 배때기가 뒤집히고 있어 한걸음 물러서도 수많은 공룡 알들을 쏟아붓고 있어 무서운 공포에 사로잡혀 나도 모르게 네발로 땅덩어리 쪽으로 기어 도망치고 있어 뒤돌아보았을 땐 창백한 나의 흰 핏방울들은 연방 폭발하면서 떨어지고 있어 잃어버린 시간 속으로 거슬러 올라가면서 시간을 탄생시키고 있어—

줄타기 너머 비약을 위해 여태껏 도도한 반복들을 쏟아내고 있어 아름다움 이전의 반복된 힘으로 무너뜨리고 있어 은백색 창날을 무수히 내던질 때 하얀 기둥들을 세우고 있어
내가 아껴 마시는 미국산 나파밸리 와인 마실수록 저 원시적인 결핍들이 죽음과 결탁하고 있어 황홀한 아이스 와인 속에 떠다니는 블루마운틴 봉우리 같은 유혹에 이끌리

고 있어

　괴물 같은 유람선 '숙녀호'에 승선토록 하고 있어 나도 모르게 입은 비닐 옷은 스노슈잉 하는 것처럼 물안개 속으로, 어쩌면 아이스 와인의 술안주 마시멜로 베어 먹듯이 뚜벅 뚜벅 걸어 들어가는 달콤함도 입안에서 하얗게 구르고 있어 구릉의 안개 휘감고 자라는 포도밭 넝쿨 속으로 걷는 눈망울은 호기심과 두려움이 뒤섞이고 있어

　마치 거대한 피아노가 연주하는 쇼팽의 전주곡 〈빗방울〉들은 백비탕으로 들끓어대고 있어 저 하얀 불길 속으로 들어가는 숙녀호의 배 속에서 여태껏 찾던 내 배꼽이 뼛가루 세례를 받고 있어
　북극의 백곰끼리 격렬한 입 다툼을 벌이고 있어 잉카의 마추픽추 구름층계에서 페루의 하얀 도시 '아레키파'로 끝없이 미끄러지고 있어 광기들끼리 충돌하면서 무지개 속살을 거슬러 날아오르고 있어

　내 조국 코리아의 강강술래 춤 같은 콘도르 날갯짓은 끝

나는 쥐라기 때의 모든 뼈들마저 탈구시키고 있어 빙하기
를 동시에 해체시키고 있어 '염소 섬'들 사이를 계속 치켜드
는 머리 솟구치다 서로 뒤엉켜 붙잡으려다 곤두박질하고
있어 겉모양은 양탄자로 휘감아 되깔아놓는 벼랑 너머로
장대높이뛰기하고 있어

　계속 미끄러지는 욕망들이 격렬한 분노를 내뿜어대고 있
어 46억 년 전의 광포한 힘 그대로 질투해온 여신들끼리 옷
자락을 서로 붙잡다 찢어대는, 안개꽃 속치마 폭 폭을 흩날
리고 있어 애원하듯 천 년 묵은 흰 이무기들로 돌변하여 번
뜩거리는 눈빛으로 덤벼들고 있어

　열렬한 사랑 애태우다 거대한 이빨로 서로 물어뜯어대는
끝없는 증오의 불꽃놀이로 부추기는 갈등, 저런! 저런…광
란으로 뒹굴고 있어 뿌리째 뽑힌 통나무들이 옥빛 기둥으
로 깎일 때마다 경악하는 원시인들의 동공들이 터져버리고
있어 골수 속으로 굽이쳐 파고들고 있어 이제는 775피트
스카이론 타워Skylon Tower 내 디지털 3D파노라마를 볼 수
있는 체험관마저 나의 목덜미를 놓아주지 않고 있어

무섭게 윽박지르는 매머드 몸짓들이 섬뜩하게 충동질하고 있어 오히려 벗어나려는 나를 묶어버리는 피학적인 초긴장을 만끽하고 있어 눈시울을 줄줄 뽑아대고 있어 스파게티 국수 가락들에다 흡흡! 통밀 냄새 같으면서 전혀 다른 거대한 아이스크림 공장들이 폭발하고 있어 원시동굴들을 불러놓고 감미롭게 휘감고 있어 불안들이 마비되는 쪽으로 짓눌러 함몰되는 몽롱한 현기증이 우와! 우와! 와우! 자꾸 시장기만 부추기고 있어

　거식증으로 하여 착란을 일으키는 물기둥 길이 55m에 몸피 671m의 거대한 혀로 핥아대는 아메리칸 매머드의 입질 그걸 미리 알고 이 지구에서 가장 작은 교회에서 기도하다 온 얌체족 똥파리들끼리 집적거리는 차림표 'Fall for the food!'에 빈자리의 로망스를 겸허하도록 두 손 모아 합장하고 있어 멀지 않은 마이애미 휴양지가 우주의 거대한 애벌레들을 유혹하는 우주의 별별 불을 켜고 있어 나의 블랙홀 식탁으로 꿈틀꿈틀 기어오고 있어

　행운의 무지개가 설 때마다 온타리오 호수와 이리호수의

검푸른 머리카락들이 휘발하는 멜라닌 색소를 내뿜고 있어 오로라 빛살 같은 수천수만 인디언 흰말들의 뜀박질을 더 가속시키고 있어 하얀 불길 위로 비상하면서 천년설로 굳어진 빙하를 짓밟다 녹아내리는 말발굽 소리들이 전광석화처럼 계곡 아래로 내달리고 있어

오! 한곳으로 휘몰아오는 신神들의 발걸음 소리마저 눈감긴 채 내 심장까지 꺼내고 있어 무수한 백혈구 문을 거대한 북소리로 두드려대고 있어 장중한 인과율에 순응하도록 곤두박질하는 구름들이 매트릭스 세계를 압도하면서 담금질하고 있어

뉴욕 거리의 물음표들

겉늙은 아이들도 아이들이지만 거리로 쏟아진
청노새들 처진 귀들이 붉은 수염을 구름에 끌어올려 날
리고
서쪽으로 흐르는 허드슨강을 포켓에 찔러
날아다니는 두 날개처럼 거들먹거리면서
보행자 그림자를 빈정거리는 눈빛 걸음
93.5m의 자유여신상이 보는데도
혓바닥 밑에 자존심을 누르듯 파란 눈으로
피부와 두개골마저 자세히 구별하려들 듯
껌 씹으며 센트럴파크를 주름잡아
가까이 다가오면서
"재패니스 오어 차이나?"
혀 내밀어 비눗방울로 띄우는 물음표를
그때 누가 "이 사람 대한민국 남쪽 사람이야
사우스 코리아를 아느냐"고 유창한 영어를
던지자, "오! 예!" 세계월드컵대회에 4강 진출한
한국 축구가 패배한 것을 잘 알고 있다면서
"그러니까 그렇지 아직…"

아메리칸 드림을 위해 세운 가장 큰 현수교

다리 밑을 가리키며 자꾸만 커지는

파란 눈알들이 흰 구름 쪽에서 반짝이고 있어

그러나 뉴욕 불빛에 맨해튼은

엠파이어스테이트 옥상에서 내려다보아도

밝게 웃고 있어 계속해서 여행자 일행 붙잡고

던져지는 뉴욕 질문?…?

"세계문화를 만드는 용광로가 뉴욕임을 아느냐?"

"헐값에 산 청바지는 맘에 드느냐!" 고─고고

마른 오징어 다리 같은 고루한 물음표에

열 받아 껌을 사서 씹어대던 열등감을

할렘가의 검은 불빛이 내뱉는

어둠의 하얀 얼룩들은 지우지 못하고 있어

* 1995. 08 초순 뉴욕 맨해튼에서.

헤엄쳐도 물을 모르는 런던 물오리
— 내가 만난 영국의 런던

1994년 11월 초순과 중순 사이 잠깐 멈췄던
관념의 풀밭을 지금도 거닐듯 지난 세월의
지붕 위로 날고 있는 영국 비둘기 날갯짓
내 기억의 깃털 하나가 런던탑을 끼며 흐르는
템스강을 본다. 해가 지지 않는 나라를
바라본다 영국의 거대한 정원, 빅벤 런던의
종소리를 듣는다.

동쪽 끝 선택된 땅으로 불리어오는
새 소리로 열리는 이 땅의 일요일 아침
귀족 같은 안개 속으로 거닐며 믿고 사는 것이 더
중요한 부와 빈곤이 공존하는 장밋빛 민주주의에
지금은 햇빛이 더 귀중함을 갈구하듯
비어 있는 공간을 마련하여 찬란하게 빛나는
530캐럿의 다이아몬드를 본다.

날개 죽지 없는 8마리의 까마귀 슬픈 역사를
없애기 위해 육식 시키는 내력을 듣는다.
고개 숙인 숙연한 침묵의 어깨 위에

내리는 비를 훔쳐본다. 그러나 한 나라를 보려면
택시를 타야 알 수 있나니
신사보다도 더 정직한 택시 기사
우리나라처럼 책 속에만 남아 있는 역사와는
다르게 밖으로 싣고 다니며 줄줄 외우고 있는,
산 역사를 그냥 드리고 싶어 하는,
일백 년 전에 건축한 다리를 일주일에 한 번씩 드는
꿈의 다리 타워브리지를 가리킬 때 그들의 평화는
뮤지컬 하는 비둘기 떼가 하늘을 펼치고 있다.

방房에도 먼지가 많다는 회색정치 이야기며
정치인은 믿지 마시오, 하면서
101살에 아들 낳은 토마스 퍼의 152살까지
살다간 무덤도 아들과 합장한
크리스마스캐럴 작가인 시인 토마스 하디
이야기 오븐에 재미있게 굽혀진 구수한
토스트를 내밀듯 자랑하는 자원봉사자들
물오리는 헤엄을 쳐도 물을 모르는, 모르는 것은
말하지 않고 다만 날개를 흔들 뿐이라고

말하는 정직한 나라 영국

식민지 근성이 전혀 없이 미소가 만면한 자신감

그들의 에너지인 템스강처럼 애프터눈 티를 입고

열광하는 프리미어리그 하는 첼시와 리버풀의

빅 매치 강풍은 물론 3일간 보아도 다 못 보는―

5백 년을 내다보고 지은 대영박물관에는

전 세계 역사를 실제적으로 본 이집트의 룩소르처럼

이곳을 보지 않고는 역사를 말하지 말라.

그중에서도 셰익스피어 코-너를 비롯한

칼 마르크스, 버지니아 울프 등등 소장된

일천만 권 이상의 책들 그리고

2천 6백 년 전의 세계의 유물들

파르테논 신전의 유물은 물론 이집트의 미라,

파라오 왕자까지 와서 살고 있다 심지어

이스터섬의 모아이 석상도 턱 버티고 있다.

한참 걸어서 찾고 싶어 찾으면 그 자리의 북쪽

계단 끝에 마련된 한국의 역사관, 겨우 안도하는

한숨으로 우리들의 초라한 모습을 보여준다.
문학의 천국임을 자랑하는 뜻 아는가를 물어온다.

레미제라블을 한 극장에서 10년 이상 공연하는
그것도 6개월 전에 미리 표를 사야 보는
거짓말 같은 나라, 그러나 역사를 생명으로
믿고 사는, 살아 숨 쉬는 땅
고전 속의 현대와 미래를 함께 창조하고 있다.

우리가 잘 아는 영화映畵의 〈애수〉에 등장한
워터루 브리지는 2차 세계대전 이후, 영국의
여자들이 만든 다리임을 지금도 선언하고 있다.
이곳을 끼고 개통된 런던과 프랑스와의 해저터널
3시간 만에 통과라는 세기적인 기적은
바다 밑에서 육지로 통하고 있다. 기막히도록 신기한
워터루 스테이션Waterloo Station을 바라보다
시간에 쫓겨 당도한 곳은 유명한 웨스트민스터
촛대 밑에 무덤이 있는 아인슈타인,
16세기 때 유일하게 자청하여 지금도 서 있는

오라레 벤 존슨Orare Ben Johnson의 무덤
로렌스 올리버 영화배우가 마지막 묻혀 있는
비석과 시체가 합해서 4천 명이나 함께 있는 이곳
8백 년 전에는 유리창이 귀해 영국의 돌로 지은
서쪽에 있는 수도의 자리임을,
2백5십 년 만에 완공된 사원寺院 앞에 영원히
살고 있는 현주소를 찾아 신기하고
새로운 주검의 뜻은 침묵이 답하고 있다.

저기요? 저것 봐요! 컴퓨터전동차가 오가는
런던브리지에 컴퓨터버스도 오가고 있다.
버스를 타는 신사보다도 먼저
어머니와 아이가 타는 유모차를 본다.
천천히 확실함을 보이며 양보하는 나라
솔선하는 성미에 더 가까이 서로 소중함을
존중하는 질서를 통해 담장이 없는 그들만의 땅
나라꽃인 장미가 아침이슬을 머금고 대변하고 있다.

인간답게 살고 싶으면 영국에 와서 살라고—

그러나 멋대로 살고 싶은 사람들은 오늘도
데모를 한다. 여름에도 가죽잠바를 입는가 하면
돌고 있는 풍차에 눈의 중심을 잡아
겨울에도 러닝을 입은 채 조깅하는
젊음의 용솟음이 펄펄 끓는 이상 영하의
온도가 없는 활력소를 그대로 보여주는 나라
그 멋지고 실용적인 유명한 토마스 버버리 코트
가로수인 플라타너스가 걸치고 원근법에 끌려가는
눈먼 사람처럼 거기에다 반려견이나 애인을
끼움새 하면 그림자는 빛나는 불꽃이다.
거리는 좁지만 4~5시간 정도 걷는 것을 좋아하여
히드로공항까지 비에 젖는 멋으로 시간과 돈을
함께 투자하는 밝은 웃음소리, 단층집에 사는
풍요를 갖고 싶어 하는 시민들 흑맥주 〈마가〉를
아껴 마시면서 자기 나라 전통을 사랑하면서도
유명한 스코틀랜드 위스키는 맘껏 들이켠다.
티타임을 즐기며 자존심의 넥타이는 만지지
않는다. 바람을 우산으로는 막지 않는
이 나라의 신사들 콧대는 담백하다 비가 내려도

영국 경찰은 뛰지 않는다. 그러면서 유명한
코미디언 찰리 채플린이 태어난 나라라고 자랑한다.

내가 듣고 있는 이 시간대에서 소박하게
능력 위주로 살고 있는, 현재 7백만 명 런던시민들
한국인도 1만 명 이상 정착하고 있다는 이야기
놀랍지만 마음 놓고 걸어 다닐 수 있는 밤거리
요람에서 무덤까지 보장된 푸른 잔디밭을 가진
이 땅에 6백 개의 대형 은행들 런던에 있다는 사실
살아 있는 동안 유언장을 쓰는 이유를 말한다.
그들은 죽음을 죽음으로 믿지 않는 에로스 정신으로
16세 되는 아이들은 독립하려고 뛰쳐나간다. 기필코
나가서 오직 정직과 성실의 땀방울을 하느님께
바친다. 스스로 두드린 문을 열고 일어서서
영국 사람임을 감사하게 외쳐대며 자신을 연결한다.
마름모꼴의 사회구조에 1993년 기준
국민소득은 1만8천불이지만 거지들이 많은 것은
뭣인가 신사보다 자존심에서 자진 납부한
세금으로 자랑한 자화상들인가?

민주주의 본고향이라고 너무 추스른 때문일까?

1837년에 개통한 세계 최초의 지하철을 타 봐도
안개처럼 풀리지 않은 의문점에도 런던은 잠들지
않는데, 지금도 해가 어디서 떴지만 해는 지지 않는다며
런던의 일기를 쓰고 있는 비둘기 깃털 하나
마지막 식사하는 템스강변 퀸 메리 호 식당 안에
떨어지고 있다.

* 1994년, 11월 영국 런던에 머물면서.

제4부

남쪽에서 북쪽으로 흐르는 나일강물

— 이집트의 해마여

이집트의 끝자락에서 본 사하라사막

끝없이 펼쳐진 사평선沙平線의 적막

한가운데에 내 또한 목마른 운명을

오히려 맨발 아프게 직접 걷게 하였네라

걷다가 흰 낙타처럼

울 수 있다는 울음소리에 새카맣게 타고 있는

불사신의 눈물마저 내 혓바닥으로

핥아야 하는 짭짤한 생명

처절한 후회도 맛볼 수 있었네라

자유와 박해, 음모와 파렴치들

전혀 없음에도 고뇌하는 허무 일체들

가장 비겁한 식인종처럼 절박한

아우성으로 달려와 살덩이를 스스로

물고 뜯었나니 영겁의 뒤편에서

하트셉수트 여왕 미라의 눈물방울이 웃는

냉혹한 체온의 모래바람을 뒷산에 올라

보았네라 굼틀거리는 4천 년 전 또 하나의
손짓을 알라딘 램프에서 펄럭이는 나일강물이
'필레신전'에서 예언서를 쓰고 있었네라

* 1992년 4월 중순 이집트 룩소르에 머물면서.

말의 무게 달기, Thoth의 서書

— 이집트의 이미지*

항상 4월 중순 대낮에 그곳을 거닐던

이집트의 거대한 엘바하리신전

남향 바닥을 내려서는 순간

내 입을 틀어막는 날개 돋친 사내들이

천장에서 날고 있어 팬티 토착민들끼리

숨죽이면서 다가오는 우연한 유혹의 지점을

점령당하고 있어 시퍼런 눈빛들 도리어 떨림마저

서로 감시하고 있어

긴장감이 산산조각난 항아리들 밟았을 때

서쪽 사막 속을 뻗는 눈동자가 또 나를

노려보고 있어 창날 휘두르던 카이로의 기득권

번쩍이는 순금 왕관을 쓰지 않고 당당히

걸어오는 람세스 4세 안광이 빛나고 있어

남쪽에서 북쪽으로 흐르는 나일강을

건너가는 로스타우Rostau*에서 부케 같은

영혼의 보트에 있는 뱀을 가리키고 있어

카이로에서 남쪽으로 660km 떨어진 곳

옛날 테베의 땅 일부였던, 룩소르에 기원전 2천 년쯤
세워졌던 고대 이집트 왕국의 수도
높이 23m 또는 15m 두 종류의 134개의 돌기둥
하늘에 닿아 있는 듯 치솟은 카르나크 신전 기둥들
제1탑문과 제2탑문을 안으로 걸음하면서
겨우 손잡았을 때 일출을 향한
장중한 멤논이 감시하는 가운데 입구에서 보는
머리는 양이고 몸은 사자로 조각한
아문의 신성한 동물 중의 뱀들은 내 혀 놀림을
싹둑 잘라 삼켜버릴 듯 긴 불꽃 혀를
싸늘하도록 날름대고 있어

나일강을 낀 룩소르의 서부에서
1922년에 발굴한 64기가 있는 왕들의 계곡
그중에도 투탕카멘 무덤으로 들어가면서 만난
상형문자에 마치 파피루스 종이에다 그려놓은
최초의 지명 수배자를 파라오가
내 사후-세계라고 어깨 짓누르듯이 가리키고 있어
황금 오벨리스크를 쳐다보는 눈 먼 환쟁이

한 놈이 히죽거리는 웃음으로 나의 무게를 달고

있어 서안 가는 '펠루카' 하얀 돛배 대기 시켜놓고—

* 여기서의 이집트의 이미지란 '죽음을 삶으로 전환하는 과정에서 생기는 이
집트의 환상'을 일컬음.
* 로스타우-Rostau : '다른 세상으로 가는 출입구'를 뜻함.
* 1992년 4월 중순 이집트 룩소르에 머물 때.

사하라 사막에서

― 역전, 대립물

낯익은 불빛이 나를 낮추게 하는,
나의 지각은 대머리로 환원되는
머리카락들 반쯤 열린 창을
넘나들며 나를 압도하는 거대한 숨소리

푹푹 빠지는 발밑에 밟힐수록 눈알만
굴리다 두리번거리는 사하라사막
모래바람 위로 직접 날리던 망토 그림자
그 사이로 날던 새의 날갯짓에 빼앗긴
나의 배낭 속 식빵은 이미 곰팡이로 가득 차
아! 갈증과 목마름으로 물을 찾다
밤에는 텐트도 걷어버려야 살 수 있는 땅

낙타 위로 떠오르는 보름달 속 거대한
4천 년 전 접시를 핥아대는 소리 그때 번쩍!
초록 숲 사이로 보이는 월천月川
거기서 발견한 오아시스 달팽이들
원시의 뿌리가 나일강물을 끌어당기고 있어

* 1992년 4월 중순 이집트에 머물면서.

내 눈빛 속에서 날고 있는 이집트 풍뎅이

옛날의 '테베'였던 '룩소르' 저녁 시가지 상점 앞에서 만난
열세 살 된 사내아이 그 상점 문을 잡고 나를 쳐다보면서
날아다니고 있어 풍뎅이 웃음 보여줄수록 야릇해지고 있어
나일강변의 관광용 마차처럼 금세 유혹하고 있어 근엄한
아몬신전 몸짓으로 대화할 때마다 무릎 꿇고 앉아 발기한
남근을 어깨에 올린 그 여인의 아들로 보여주고 있어 길바
닥이나 운동장에서 수많은 스핑크스들이 도열하는 앞에서
맨발로 뛰어다니고 있어 아몬의 핏줄을 타고 날아오르는
파라오의 아들들이 그 아이를 뒤따르고 있어

내 눈두덩을 밟고 거대한 맷돌 수십 배의 큰 기둥 위에서
내 신을 벗어들도록 호통치고 있어 날아가던 풍뎅이가 내
눈을 치면서 꺼버리는 등잔불 아래 파란 불빛을 내고 있어
그들의 영혼을 보여주고 있어 다시 독수리로 변신하여 라-
아툼을 향해 날고 있어

내세의 영혼을 믿으면 행운이 온다고 1 $ 에 팔던 그 사내
아이 까만 입술이 뒤집혀질 때마다 보이지 않는 누군가가
집적거리고 있어 나를 믿도록 지금 내 집에 온 파란 옥돌
그 풍뎅이 눈빛 속에 떠오르는 태양신은 잊을 때쯤에 날아
오고 있어 이집트의 시골 뽕나무의 오디 1 $ 에 사 먹던 로

망주의 나를 서둘러 밤이면 함께 손잡고 날아가는 푸른 별
숨결 소리를 내뿜고 있어

* 이집트의 룩소르에서 만난 열세 살 아이의 몸짓 발짓에서 옥돌로 만든 풍뎅이를 1$ 주고 샀다. 처음에는 반딧불인 줄 알고 시를 발표했으나, 그들의 태양신인 풍뎅이라는 것을 알았다. 태양신은 모든 이집트 신神 중에서 가장 강력한 신이었다. 이집트인은 그들의 왕인 파라오가 태양신의 화신이라고 믿었다. 우리나라에도 여름에 사람이 죽거나 제삿날에 풍뎅이가 날아와서 불을 끄면 어른들이 신이 왔다고 긴장하며, 풍뎅이를 절대로 죽이지 못하도록 하였다.

이집트의 파피루스

― 닥나무 보다가

내가 자주 거니는 우리 집 근처 언덕 길섶 닥나무를 보면
문득 떠오르고 있어 뭉클한 생각이 뭉게구름처럼 스물스물
떠올라 이집트에서 본 파피루스 풀숲이 유령처럼 손짓하고
있어 그리고 보니 1992년 4월 중순 카이로 남서부 13㎞ 떨
어진 가자지구에 일백삼십 층쯤 건물(146.5m)에 버금가는
거대한 쿠프왕 피라미드 속을, 그러니까 기원전 재위
2589~2566년으로 거슬러 가면 재위 중에 세운 기원전 2천
650년의 신비가 궁금해서 일행과 함께 주저주저하면서 나
선형으로 올라 들어가니 석관만 뚜껑 없이 텅 비어 있어 허
탈로 걸어 나와 두리번거릴 때 길이 57m에 높이 20m나 되
는 늙은 스핑크스가 턱 버티고 있어 가까이는 부분밖에 볼
수 없어 먼 거리로 가재처럼 뒷걸음질치면서 사진을 찍을
때 파피루스 숲에서 상형문자로 날아드는 새떼…새떼 소리
가 그들 속살깃털마저 칼질당하고 있어 불멸의 영혼들이
감성의 나이테를 밟고 깃털 뽑기 위해 맨발로 뛰어오고 있
어 발자국 새기고 있는 신神의 목소리를 들려주고 있어

  바로 카이로 한복판의 돔, '카이로박물관' 정면에서 보면
건물 바깥 왼쪽 벽면에 클레오파트라 조각상이 돋보이고,
2층에서 만난 투탕카멘 왕자의 황금마스크 람세스 상을 비

롯한 13만 점의 그들, 1층에 서 있는, 기원전 15~16세기경
이집트의 유일한 파라오 하트셉수트 왕이 나에게 판매한
값을 챙기고 있어 그림 속의 관다발 영혼을 날아가지 못하
도록 두루마리로 말면서 새로운 나일강을 안내하고 있어
부케 같은 영혼의 돛배 '펠루카'가 출발하는 방향, 그 방향
이 새로운 길임을 꼭 그곳에서 만나자고 눈짓하고 있어

* 1992년 4월 중순 이집트에 머물면서.

지중해의 오렌지 바람
― 내가 본 이스라엘

바람마저 그것을 찾기 위해 감람산
무심을 밟을 때 누가 나뭇잎을
흔들어대고 있어 몹시도 부는 모래바람이
텔아비브*공항 초저녁 공중을 작열시키는
비행기 굉음 소리로 전쟁 포비아를 흔들고 있어

갑자기 우당탕하는 순간 긴장해지는 출구
해프닝이 안개로 뭉클하면서 이 땅은
십일월부터 시작되는 우기철임을
알리고 있어 공항 불빛마저 착란하고 있어
도망치는 지중해의 끝자락이 보여

출애굽기에는 삭제되었지만 노예로 살 수 없는
이스라엘인을 이끌고 이집트로부터
탈출하는 모세가 건너고 있어
바다는 아닐지라도 밤새도록 욥바항구의 닻을
붙잡고 설친 밤 어쩌면 홀로코스트 같은 냉기가
아니, 소아Shoah*에 불만을 토해내고 있어
내 피와 살은 어떠냐고? 나사못으로 조이고 있어

마치 장전한 총알을 오백칠십오만여 명이
으르렁거리는 총구 앞으로 걷게 하고 있어
초라한 히틀러처럼 카스피해 밤 앞에
12년(1933~1945) 동안 나치당이 저지른,
아우슈비츠 독가스 냄새가 흐르는 것 같아

근황일 수는 없지만 1967년 제3차 중동전쟁
그러니까 불과 6일 전쟁에서 승리한 자랑은
예루(갖다놓은)살렘(평화)이라는 뜻을 반쪽만
점령한 동東 예루살렘은 양쪽 공유였던가?
낯익은 신의 부름 앞에서도 지울 수 없는
트라우마는 더욱 민첩함에서 거칠게 튀는 언어
그중에서도 잃지 않으려는 인간 웃음은
비 내린 아침의 오렌지밭에서도 빛나고 있어

가나안족이 살던 땅으로 모세가 이끌고 간
가나안 땅 해안선을 따라 위치한 좁고 긴 땅
이집트 · 마케네 · 크레타 · 메소포타미아문명

물줄기가 흐르는, 어쩌면 젖과 꿀이 흐른다는
구약성경에서도 아브라함과 그들의 후손들에게
주겠다고 언약한 약속의 땅이지만 최초 민족으로
살던 가나안족과의 성관계, 나쁜 관습 때문이었을까!
그들을 점령한 이스라엘도 패망으로 사방
흩어진 후 되찾기까지 오로지 나라와 겨레 위해
이스라엘은 다시 탈무드 신으로 태어나 사투,
사투 불사정신 키부츠와 모샤브마을에서도
애처로울 만큼이나 자신만만한, 전혀 비굴하고
야비한 몸짓이 전혀 없는 늘 약속의 땅으로
모여드는 서늘한 긴장감으로 팽팽히 맞서고 있어

"따로 다르게 보지 말고 똑같이 보게 해 달라"는
그들은 스스로 지나친 칭찬도 싫어하며 솔직하고
오로지 정직으로 사는 당당함과 성취욕이
넘치고 있어 과묵한 입술에 눈빛은 불타고 있어

오픈셔츠처럼 꾸겨진 첫날밤도 낙타처럼
새벽을 일으키는 욥바항구 해안

부드러운 모래밭에서 맨발 자국을 남기며
태양을 환호하는 그들은 나를 껴안아 주면서
예의 주시하는 눈빛으로 태양도 바다도 조국과
조금도 다르지 않다는 웃음에서도 알 수 있어
8백m에 위치한 예루살렘으로 통하는
1번지 도로에 진입할 때도 앞서고 있어

갈릴리 바다(바다 아니고 강물 위치)는
시루떡 꼬아 얹어 놓은 것처럼 흰색의 돌들과
바위들이 즐비한 사마리아 땅 물 긷는 여인을
만나게 했어 요르단 땅 콜란 공원 물줄기를
끌어당길 수밖에 없는 불가피성의 목마름에
고개 끄덕일 때 생명수를 나눠주는 주신主神
'엘'신을 봤어 생명수를 마실 때마다
경배 드리는 그들은 신의 물방울 후예임을
절실하게 믿고 있어 여리고와 가자자치구도
생명수는 그들의 절실한 신神을 나누고 있어
쉴 때도 시가렛은 나눠 피우고 있어
친구의 땅으로서 싸울 때는 강적으로 치열하게

목숨을 걸고 있어 신神도 쉰다며 메시아를
믿지 않는 자기들 유태인을 향해 유태인은
우리를 버렸다고 퍼붓는 욕설마저 뼛속에
사무치게 분노하고 있어 야곱과 유다 때문일까?
가난과 곤경을 뿌리치지 못한 긴 그림자 되어—

해발 740m의 언덕에 피 묻은 양들로 떨고
있어 아브라함에게서 보호 받고 싶은 그들은
과연 누구일까? 발목을 잡는 의문점을 옮기며
해발 840m의 감람산에 있는 히브리어 대학이 있는
그곳에 서서 검어지도록 시퍼런 사해바다 4천m
깊은 상처를 꺼내어 만든 소금비누로 씻어주고 있어
서기 690년에 건축된 모리아산의 황금 돔에
솔로몬 왕과 헤롯왕의 우렁우렁한 3천 년 목소리
역사를 울림하고 있어—

저기 보이는 예루살렘의 중심부 골고다 언덕과
시온산에서 시오니즘Zionism 민족운동 꿈틀대고 있어
다윗왕의 옷자락들로 펼치고 있어

지금도

그의 아들들은 솔로몬 성전을 맴돌고 있어

매년 11월에 모여든 추모일에 외치고 있어

모리아산을 내려서면 4km나 된다는 성곽

서기 70년 로마의 티토스 장군이 헐어버린

폐허의 성을 찾고 있어 감람산에서 보면 동쪽 벽

예루살렘 구舊 시가지의 성내에 있는 488m

서벽 쪽의 일부로서 길이 50m, 높이 20m인

유명한 '통곡의 벽(Wailing Wall)'이 있어

서기 324년부터 638년까지의 로마군이

유대인의 출입을 금했기 때문에

서쪽 벽에서 울면서 기도할 수 있어

그러니까 2천2십 년 전에 쌓은 큰 돌들이

13m의 땅 밑에서 증축되어 현재에 보이는

돌들의 성벽에 통곡하는 자, 남자는 왼쪽

여자는 오른쪽에 서서 기도해오는―

연간 500만 명이나 진짜 유태인들만 머리에

빵 같은 '키파'를 얹고 기도하여 오고 있어

유대인이 아닌 내 또한 흰 카파를 얹고
고개 숙이며 피에타! 라고 외치며 기도했어
갈구하던 그들의 신은 나타나지 않았어

그러나 지워지지 않는 또 하나의 상처를 밟는
목마름으로 골고다 산상을 오를 때 그들은
예수님을 열심히 팔아넘기고 있어
그때의 십자가는 보이지 않지만 오히려
보이지 않은 야훼를 앞세우고 야훼 피를
설명하고 있어 야훼의 무덤까지 팔아먹고
산다는 예언의 땅 곧 하나님도 팔아먹고
살아도 지구의 종말은 보여주지 않는다고
농소하고 있어 절대로 유다들의 후예들은
아니라고 하면서 인살라Inshallah,
인살라…할 뿐 '주여, 어디로 가시나이까?'
도리어 나에게 물어보고 있어 진짜 신은
신을 파는 그들의 무의식 속에 사는 것 같아

만약 야훼 그리스도가 다시 부림해도 과연

누가 주 예수님인지 알 수 없어 바람에 떨어지는
감람나무 이파리에도 없는 아! 질곡의 역사
그들은 사방에서 모여들어 질문하고 있어
그러나 다시 디아스포라를 방지하기 위해 지금
일부 사막이 되는 땅에다 아파트 짓고 있어
그곳의 아파트 안의 방호시설, 속전속결 임전태세
조국을 먼저 생각하고 있어 언젠가 재림한다는
하나님을 절대로 믿고 있어 젊은 피들이 똘똘
뭉쳐서 용맹들을 담금질하고 있어 그럴 때마다
그들의 신은 살아서 외치고 있어 약속의 땅에서
이스라엘이라 부르는 그들만의 DNA들 확연히
보여주고 있어 억울한 피 다시 보이지 않겠다고
언제나 승리를 다짐하는 머리맡에는 피스톨 안의
총알들이 불침번을 서고 있어

이 지구상의 유일한 민족주의자들임을
텔아비브에서 이륙하는 나는 재확인 했어
구름을 잡고 웃어보는 나는─ 나는
그들의 신은 뼛속에서 살고 있음을 비로소

고개 끄덕이면서, 너무도 부러워하면서

내 조국 대한민국을 더욱 사랑하고 싶어졌어—

* 텔아비브 : 봄의 언덕을 뜻함.
* 소아Shoah : 유대인에 대한 박해라는 뜻임.
* 1994년 11월 초순 이스라엘 현지시찰에 머무는 동안에—

카스피해 파도

― 담론의 분열층위

문어발처럼 쭉쭉 뻗으며 휘어지는 해변
허기진 젓가락으로 거머먹다 남겨놓고
가리비 조개의 하얀 웃음까지 빼앗아
통곡하는 '통곡의 벽' 앞에서 내 머리에
얹은 빵 같은 '키파'로 거대한 코끼리의
옆구리를 긁어대는 프로타주

죽은 자를 껴안듯 뜻밖의 짓으로 해골 쓰다듬는
올리브유 뿌리고 뿌려서 요단강 건너기의 되풀이
펑… 펑 뚫린 태양의 구멍만 키우는 비명의 늪
무섭게 생포한 물고기 떼 불판 불꽃에 얹기 위해

칼질당하는 디지털 신호에 놀란
고디드 신神 그의 화로에서 집요하게 덜 굽힌
물음표만 끄집어내 곱슬머리 주검들끼리
서로 물어뜯고 있어

터키나라 낙타를 타고
— 무의미를 해부하는 쾌락

터키 이스탄불의 너도밤나무 이파리가
가리키는 높이에서 열기구들
커피타임을 틈타고 있어 요정의 굴뚝 있는
카파도키아 동굴지대를 이동하고 있어
궐레(안녕) 걸레?— 페세큘라(감사합니다)
페세큘라를 반복하고 있어

누런 드비(낙타) 타고 아무나 좋아서
눈만 굴리는 낙타 한 마리는 누구일까?
페툴라 귈렌*은 아니지만
길쭉한 블루모스크 기둥들이 따라오다
사라진 길섶 기둥 주위를 돌면서 90t의 황금을
자랑하는 성소피아성당에 들어서고 있어

그래서인지 혓바닥에는 다디달다
쓰디쓴 말들이 뛰어서 낙타처럼
너도밤나무 그늘을 흔들면서 되새김질하는,
침액이 오징어 링을 맛보지는 못했지만
게걸게걸 삼류 호텔에 와서 화장지에

뱉어보는 모래먼지 어룽들의 발자국들
내면의 성깔로 치솟아 불씨를 당기고 있어

사막을 주름잡다 불거진 낙타 미혹 때문일까?
거울 보고 관용의 혀 놀림 할 때 대갈大喝하는,
거뭇해진 낙타 눈알도 먼지투성이어서
에세수스 근처 셸주크 낙타 레슬링 떠올리며
혼종된 슬픈 민족의 노래를 토해내고 있어

* 페툴라 귤렌 : 터키에서 '히즈멧 운동'을 펴는 사상가임.

보스포루스 해협Bosphorus Straits에서
— 이마고의 기시현상

4월 중순쯤 되면 그날의 비잔틴제국
이제는 터키 이스탄불 에미노뉘에 정박한
유람선 한 척으로 헛웃음치고 있었어.
한국인 몇 명을 승선시키면서
흑해 근처 아나돌루 카바흐에서 가리킬 때
1860년경부터 구상해오는 1.4km 해저터널 염원
'마르마라이 프로젝트' 이야기를 섞어
흑해와 폭 550~3천m에 길이는 30km,
바다 깊이는 60~125m 마르마라이해
보아도 유라시아로 오가는 문명속도는
선글라스를 쓴 동서양 갈매기 떼가 오스만제국
전통 흑맥주를 들이켜고 있었어.

수평선 너머 나이팅게일의 고향마을이
하루 빨리 조국에 가고 싶은 나그네를 보고
안개꽃 멜랑콜리를 내뿜는 순간 뭉클하게
망원경 속으로 다가오는 고향 통영바다
가리켜주는 적십자 모양 날갯짓하는 갈매기 한 마리
후끈하게 정동情動적 표현을 하고 있어

그러나

옛 그리스 페르가몬 왕조의 눈빛인양

석회언덕 파묵(木花) 칼레(城)가 아닌 터키탕

그날 초저녁 녹물이 어쩔 수로 실망시켜,

하도 근질거려 와서 음악회에 참석했을 때는

황토 논물 소리에 구슬픈 모심기 포크송―

통영 바다 돌고래 떼가 뛰는 물소리로 들었어.

제5부

이오니아 배꼽물살

— 역설적逆說的인 향유

생전에 어디서 본 듯한 그리스 에게 바다
물줄기 잇댄 이오니아 바닷가 물에 내 두 발을
담가봅니다 누군가 주황색 크레용으로
눈부신 일몰 직전의 파동을 배꼽에서부터
굽이굽이 새겨 줍니다

수평선이 배꼽 아래로 내려가지 않도록
불두덩 위로 끌어 올립니다 팬티가 경탄하도록
나의 아랫도리가 저절로 벗겨질 때
유혹하는 물살의 장난기마저 껴안아 봅니다
해 울음 울던 내 유년의 얼레질처럼
추스르는 이오니아바다, 오! 무지개 요람에서
플라멩코 춤으로 희열을 푸는 하얀 덧니들
보헤미안 랩소디처럼 머리부터 흔들어댑니다
더 구성지게 짜릿해오는 선율이 휘몰려옵니다
어머니가 몹시 보고플 때 자주 꺼낸
거울에 내 눈물방울 구르듯 바다 빛깔이
내 눈알을 씻어줍니다 눈 감을수록
어머니 젖꼭지에서 떨어지는

우유 빛깔 방울들이 내 조개입술에

닿아 안태본 눈물마저 받아 읽어 봅니다

바로 몇 발 안 되는 곳에 사도 바울이

직접 세운 교회로 손잡아 끌더니

바울이 앉았던 의자에 앉혀놓고 나를 찍어낸

카메라가 심심하면 사도 바울 만나자고

꺼내줍니다 이오니아바다 잊지 말라면서

너그러운 바울의 바다 빛 그리워하라고―

아 파도여 아~파도 아름다워

아 파도여 아 통쾌한 파도여
헬리콘 산기슭 아가니페의 샘물처럼
치솟아 굽이치기를 좋아하는지
절망을 눈웃음으로 따돌리는
밀썰물 껴안으면 아파도 아름다워―

돌고래로 부활하는 제우스신마저
내가 승선한 뱃전을 뛰어오르려는 황홀한
꼬리지느러미 근육질을 보여주고 있어
영원한 푸른 자유의 날갯짓으로
신비스런 에로스의 블루칩을 보여주고 있어

거대한 거울 앞에서 간드러지게
노래하는 세이렌의 치맛자락을
돌풍으로 걷어 올리면서
되살아나는 블루투스들을 만나고 있어

올림포스산에서 늘 로망의 반 술에 취해
껄껄 웃어대는, 바로 디오니소스의 쾌락이여

에게해의 은빛 비행선에서

― 유머담론의 배율

비행 전에 기장의 메뉴는 참치회덮밥
부기장은 백반에 돼지불고기 같은 메뉴에
곁들인 이탈리아 사시카이아 포도주 불꽃은
하얀 물새로 날아오르고 있어…
하지만 은빛 비행기는 물보라 속으로
헤엄쳐오는 크레타섬의 흰 소들을 겨우
충돌 피하면서 박장대소하고 있어 그러나
투명한 크리스털들은 산산이 깨트러지고 있어
떠오르는 보름달이 침액 흘리도록 또 한 번
하얀 유람선과 부딪칠 뻔한, 은빛 비행선이
그만 헬레네 앞에 무릎 꿇고 황금사과 바쳐
스파르타의 왕비 헬레네를 얻는 순간
트로이 왕자 파리스 흥분처럼 부르르 떠는 동체
트로이가 멸망하는 아우성으로 울부짖고 있어
그때의 쏠림현상이 신문에 들켜 활자의 기름
냄새에 긴장하는 파도타기를 하고 있어
잉글랜드 남서부 콘월항구에 던져진 닻의
폭소爆笑에, 비행선 엉덩이가 중심을 잡도록
손에 땀을 쥔 불안들이 웃어대면서

쏠림하는 자세에서도 읽어대는 기사 내용

"71일 14시간 18분 33초로 프랑스인의 종전 기록을 갱신한
영국의 여성은 28세의 멋진 엘렌 맥아더였어. 트리마란 B&Q
호 요트를 타고 영국 해안에서 출발 대서양과 인도양, 태평양
을 가로지르는 4만 3764Km를 항진하여 지구 한 바퀴를 돌아
온 날은 2005년 2월 8일 오전 잉글랜드 남서부 항구 콘월에
닻을 던졌어. 그동안 선미의 물보라와 심한 파도와 빙하 강풍
을 뚫어낸, 죽음을 관통한 그녀, 항해 돛대 수리 중 요트 안에
불이 나서 입은 화상. 온몸이 멍든 채 활짝 웃어주는, 부상을
당해도 멈추지 않은 사투! 사투…"

가리비 조개에서 태어난 아프로디테 여신마저
호호 호!… 킬킬대며 전복할 뻔했다고—!

그리스 라비린토스Labyrinthos* 찾다
— 에게해에서 꿈틀대는 푸른 눈동자들

1.

아테네 시내에서 뮈토스mythos맥주를 사들고 마실 때 태양은 올리브나무 잎에다 시詩를 쓰고 있어 시의 신 아폴론 안부를 물어보고 싶었지만 아크로폴리스의 황금비율로 건축한 파르테논신전은 대리석의 슬픈 침묵만 보여주고 있어 해골로 보여주고 싶지 않은 실재계, 텅 빈 이미지들이 움직이고 있어

아테네 시내를 굽어볼 수 있는 리카비토스 바위 언덕에서 되돌아오면서 문득 미노타우루스가 살았다는 크레타의 미궁으로 가고 있어

이동하는 관광버스에서 줄곧 엘라스를 외치던 승리의 여신 니케를 건져 올린 쪽을 보고 있어 달리는 마라토나스 길에서 필사적인 필리 피데스의 뜨거운 승전보 외침이 들리고 있어 패배하는 페르시아와의 혈전 이야기도—

카잔차키스 공항이 아닌 크루즈 뱃길 앞에 날뛰는 돌고래 한 마리가 뱃전 위로 뛰어 오르려 하고 있어

크레타 황소의 섬에 태어난 제우스와 흰 소의 신화가 뮈토스 맥주 빛깔로 출렁거리고 있어 헌데, 일찍이 불교 능엄

113

경에도 힘을 과시한 흰 소(大力白牛)와 흡사한 내력이 떠오르고 있어

그러나 페니키아의 에우로페 공주에게 첫눈에 반한 제우스가 소로 변신, 공주를 등에 태우고 자신이 출생한 크레타섬으로 가서 그녀와의 사이에서 미노스를 낳았다는 전설—

후일 아홉 살 된 어린 미노스가 대도시 크노소스에서 왕이 되어 제주도의 4배 하고도 넘는 8천3백3km² 크기의 크레타섬을 다스렸다는 이야기가 살아 있어

그러나 포세이돈이 보낸 파지파에 흰 황소와 그의 왕비의 몸 사이에서 태어난 흉측한 괴물 이름은 미노타우로스, 그의 머리는 황소이며 몸통은 사람이라고, 사람이라고!

2.

하여 미노스 왕은 괴물 미노타우루스를 어릴 때부터 가둬 버리기 위해 건축자를 간구하던 그때 아테네에서 비범한 목수인 조카 페르디코스를 죽이려다 실패한 다이달로스가 재판에서 유죄판결 내려지자 감옥에서 탈출, 그의 아들 이카로스와 함께 몰래 크레타 섬으로 도망쳐 왔어 미노스 왕은 이런 약점을 이용, 건축한 미궁 길이 1백 60m에, 방은

1천 200개, 4층까지 건축한 크노소스궁전은 신들의 긴 혀

놀림도 마비시킬 만큼이나 경악하고 있어

　그때의 삶 속에 살고 죽던 숨구멍들 뚫어 놓은 시뮬레이

션 에너지 덩어리를 볼 수 있어 점차 커지는 블랙홀을 응시

할수록 신화가 결핍을 위해 폭력으로 공포를 에로틱하게

포장한 것을 볼 수 있어—

　결국 반복강박에 의한 잔인한 사디즘을 발굴한 지구상

최초의 포스트모더니즘이 보이고 있어

　누가 여기에다 버린 스티브 잡스의 아이폰의 브리콜라주

Bricolage도 일치할 수 있어 붉은 나무기둥 사이 방이나 문전

마다 '푸른 여인들[Blue Ladies]', '백합 왕자[Prince of Lilies]'라는

이름 내세워 웅장한 색채에 벽면 그림들이 환생하려고 정

지된 죽음들끼리 충동질하도록 묘사하고 있어—

　물론 남녀의 살결은 크레타섬의 뽀얀 흙빛 속살 미세먼

지로 생동하고 있어 죽음 직전의 허상, 주이상스가 도피하

는, 탈출하지 못한 노스탤지어가 망막을 뚫는 블루라이트

blue light로 부활하고 있어

3.

오 저기로구나! 전설로만 구전되어오던 신화를 일천구백 년경(20세기 초) 영국의 고고학자 아서 에번스(1851~1941)가 사재를 털어 4천 년 전 블루라이트를 발굴한 것을 보고 있어 신화가 아닌 살아있는 실체를 만나고 있어

그때 미노타우로스가 먹던 먹잇감은 해마다 아테네의 총 각과 처녀 일곱 쌍을 보내도록 하여 먹어치운, '영원한 위 선자, 더러운 짐승, 게으른 배불뚝이…' 변덕스럽고 잔혹한 미노스 왕을 보다 못한, 그의 딸 아리아드네는 아테네 왕자 였던 그의 애인 테세우스에게 보검을 잡히고 미로를 푸는 실꾸리를 주었어 실줄 따라 들어가서 그 괴물 죽이고, 아테 네가 승리한 이야기는 눈감아도 누가 읽고 있어 폐허가 된 그리스의 원형 미노아의 문명이 있던 텅 빈 자리, 미지로 가는 다리는 없어도 상징들은 살아 있어 야릇해지는 파란 바다 빛에 씻어대는 섬들의 눈빛만 빛나고 있어 찬란한 최 초의 그때 그대로의 만灣을 내세워 신비한 위력을 보여주고 있어 눈이 탐하는 토기 파편 하나라도 보듬고 도망치듯 풍 크툼punctum* 같은 달팽이들이 기어 다니고 있어

에게해는 더욱더 에메랄드빛으로 요리해도 제맛은 개운하지 않아 두리번거릴 때 소라 성게들이 핑크색 올리브유 한복판을 엉금엉금 기어 다니며 내 혓바닥에 알을 낳고 있어

매혹적인 에게해의 바닷물을 두 손바닥으로 떠서 마셔봐도 푸른 생선 비늘로 빛나는 미노타우로스의 눈빛만 보여 흘깃흘깃 번뜩이고 있어 떠도는 부르튼 신의 입술이 관념에다 키스하고 있어

4.

올림포스산이 보일 때 검독수리들이 날아오고 있어 호메로스의 일리아스에 나오는 전설에서 디오니소스가 아프로디테에 바친 키프로스의 전통술 아닌가!

병에 담긴 시詩라고 하는, '코만다리아Commandaria 와인'을 마실수록 결핍으로 춤추는 걸걸한 웃음소리 들려오고 있어 빛과 뒤섞이면서 검버섯만 번지고 있어 검푸른 핏덩어리들이 역린하는, 바로 용龍비늘로 치켜세우고 있어 하얀 연기 같은 아우라는 카오스로 삼키고 있어 지금도 사순절을 고집하여 무릎 꿇는 델포이 제단 향해 애원하는 사람들

은 죽음을 보고 두려워하고 있어 아름다운 죽음이 플롯Plot
을 보여주기 때문일까? 지구의 배꼽 옴파로스omphalos를 주
재하는 아폴론이 탯줄을 끊고 있어 돌고래 떼가 먼눈팔기
만 하며 불가사의로 헤엄쳐오고 있어 "손가락 하나로 나를
기다릴 수 없다"는 그들의 혈관은 민담보다 욕망의 제단을
마비시켜놓고 있어

　신들에게 올린 음식찌꺼기와 함께 묻어버린 항아리 파편
들 사이에 파란 피를 자랑하고 있는 문어들 보고 있어 오후
의 신화를 껴안고 벌건 붉은 피로 몸부림치고 있어 아직도
비둘기 떼가 되날아와서 신탁의 허무를 줍고 있어 올리브
나무의 해시계에 신의 알몸들이 목욕하고 있어 자꾸 숨기
는 바람에 미처 보지 못할 때마다 비둘기 눈알로 날고 있어
갈등하는 판타지Phantasy*를 찾지 못하고 있어 실수로 깨진
항아리들 밟을 때마다 플루트 소리만 들려오고 있어
　자크 라캉이 말한 '실재계'의 죽음본성이 꽃피우고 있기
때문일까!

* 라비린토스Labyrinthos : 쌍날도끼, '리브리스의 집'으로 크레타 인들이 숭배하던 성스러운 소뿔을 상징하면서 라비린토스, 즉 '미로迷路'를 지칭하는 래비린스Labyrinth라는 단어에서 파생되었다 함.
* 풍크툼punctum : 얼룩점, 반점, 오목한 데라는 뜻임.
* 판타지Phantasy : 여기서는 fantasy와 구분되는 무의식적 환상을 뜻함.

그리스 아테네의 흰 돌산

— 실패점失敗点의 아이러니

　아테네 오후의 대리석에 내린 햇살을 겁 없이 밟을 때 하얀 나래를 펼치면서 수만 개의 흰 돌문이 열리고 있어 비둘기들이 반복하여 돌며 플라톤과 아리스토텔레스의 강론 광장 앞에서 자박자박 숫자놀음을 하고 있어

　잊혀진 엘부르즈산*에 갇힌 프로메테우스 지혜가 지금도 인간을 두 발로 하늘빛을 볼 수 있도록 하여 그날의 활화산들이 저 만년설에 뒤덮인 채 끌려오고 있어 흰 돌산을 세운 이유가 압도해오고 있어 정지된 경이로움이 걸음을 멍청하게 숨기고 있어 눈먼 보헤미안들을 맑디맑은 물로 온몸을 씻어주다 오히려 바위로 굳어버린 신들의 속살이 역동하고 있어

　그리스 아테네 공항 저만치서 키스하는 젊은 연인들의 포옹을 하얗게 불태우는 카베르네 쇼비뇽 와인 불꽃이 백말을 타고 질주하고 있어—

* 엘부르즈산 : 페르시아어로 "눈 덮인 산"의 뜻으로, 현재 유럽이나 러시아에서 가장 높은 산(해발 5천642m)임.

사라진 시간 위에 사는 나라 1
— 다시 떠오르는 태양의 나라 스페인 바르셀로나

〈제25회 세계 바르셀로나올림픽대회 오픈하기 전에 오
븐에 드레싱 하듯 '미의 사절단'이라는 미명으로 바르셀로
나에서 열리는 제57차 국제펜클럽대회에 시 분과위원으로
참가하는 날개를 달고 1992년 04월 19일(현지 시간) 드골
공항에서 바르셀로나에 안착했어〉

자주 갈아타는 비행기 내에서 많이 자란 거무스레한 수
염에 피레네산맥의 눈덩어리가 주렁주렁 매달리고 있어 수
염을 만질수록 지중해의 새파란 물빛이 출렁거리고 있어
탄성을 토해내며 물살을 갈라내고 있어 그러나 몇천 년 전
의 숲속 나무기둥들이 신의 강렬한 웃음으로 치솟아 그 사
이로 날고 있어 내가 그리워하던 태양의 나라 스페인을 바
라보는 순간 아찔하도록— 이미 비행기는 스페인 광활한
하얀 모래밭을 펼쳐 보여주고 있어 지중해를 낀 이베리아
반도 바르셀로나 항구의 산호 숲으로 비행하고 있어 느슨
한 염세주의자 증후군이 호기심에 이끌리다 텅 빈 연쇄 고
리를 잡고 두리번거리고 있어 그러나 나는 거기에는 보이
지 않아 볼펜의 노예가 되어 그 무엇을 놓치지 않고 있어
어떤 틈새를 보기 위해 메모는 피에로 코끝에 매달려 놓고

있어

　오후 세 시에 내리는 선글라스를 역습하는 햇살로 피는 장미꽃은 스스로 요염을 발광하고 있어 조르디 수호성인이 포악한 용에게 사냥된 공주를 구한 날 4월23일 매년 '산 조르디의 날[Dia de Sant Jordi]에 사나이들이 여인에게 줄 장미꽃은 바닷가에서부터 만발하도록 피우고 있어 나의 그림자는 벌써 자유를 찾아 돈키호테를 흉내 내고 있어 충족할 수 없는 어떤 아쉬움을 추스르는 비행기에 내려 여행가방 구르는 소리가 바르셀로나 Swit 호텔 입구에서 멈추자 안착하는 눈빛들끼리 눈웃음치고 있어

　평범한 여관방 수준의 검소한 호텔에 짐을 풀지 않고 잠시 휴식보다 겁도 없이 혼자 뛰쳐나와 '문따네'와 '몽가다'의 오후 거리를 능청스럽게 거닐고 있어 일별하면서 까딸루냐의 장미꽃에 부픈 그들의 만족도를 속으로 묻고 있어 흥분을 짓누르면서 이국 풍정에 놀라고 있어 16세기경 잉카문명을 침략하던 야만적인 해적 발톱은 그들의 얼굴에서 찾을 수는 없어 탈취한 감자 경매장에서 보아도 여인들은

책을 사 들고 하이힐의 파도를 잠재우고 있어

　한 마디로 그들은 개인적으로 절대로 싸우지 않는다 했어 아침물방울에 떠오르는 태양으로 세수를 하고 있어 그러니까 이 땅의 '부르고'에서 태어난 유명한 '엘시드'를 직접 만났을 때 신神의 부름이 있을 때만 나라와 거레를 위해 하나 된 모두를 불사른다고 했어 도시를 헐고 뜯는 일을 할 때도 살 수가 없는 나라, 그들은 서로를 존경하고 칭찬해 주기 때문에 강철 같은 신뢰는 창조의 힘과 자유의 본질이 정당함을 보여주고 있어 서둘지 않고 바다등지느러미처럼 유연하게 산다는 것을 자랑하고 있어

　또한 그들은 여유를 통해서 가치를 찾으려 하기 때문에 위대한 예술의 힘은 신의 숨결을 찾아 200년이나 소요되는 완공을 목표로 하지만 1882년에 터를 잡고, 1883년부터 '안토니오 가우디'로부터 설계되어 그의 제자 '조셉 푸이그이 카다 팔침'에 의해 세부설계는 옥수수 모양 내부가 아직도 건축되고 있어 세 개의 피사드에 12개의 탑을 이룬 '사그라다 파밀리아' 성당(성가족 대성당) 예수의 제자 12명을 떠

올리고 있어 기하학적 곡선과 직선은 스페인 광장의 분수
대에서도 플라멩코 춤으로 치솟고 있어

　신의 선율을 찾아 20년 내지 30년이 더 걸려도 시공施工
잘못이 있으면 다시 고쳐 설계하고 있어 새로운 창조가 발
생하면 또다시 고쳐 언제나 세계에서 제일가는 자랑을 형
상화시키려고 땀방울 결정체를 갈고 있어 한눈에 느낄 수
있는 5백 년 전의 건물만 보아도 그들의 본성은 주로 동적
인 곡선이 잇대고 있어 태풍이 없는 지중해의 본능이 숨 쉬
고 있어 까딸루냐 나라(그들이 스스로 부름)는 새로운 창조
의 힘이 항상 교차되는 영욕榮辱의 나라임을 공감할 수 있어
나의 갈비뼈는 흥분하는 파도를 일으키며 쿵쿵대고 있어

　다음날 213m의 '몬쥬익(언덕)'을 도보로 오르고 있어 그
곳으로 오르는 둘레길에는 지중해 변두리에 피는 1천5백여
종의 선인장 꽃을 볼 수 있어 찬란한 불꽃을 콜라주 하고
있어 선인장 가시에 찔리듯 원시적 상처가 덧나기 시작하
더니 옛 성터와 박물관 그리고 올림픽을 개최할 메인 스타
디움Main Stadium에서 에스파냐의 감성으로 기타를 치고 있

어 한 사내와 눈 마주쳤을 때 먼저 웃어주고 있어 그래서인 지 몬쥬익은 한 시대의 만족과 실망이 빗나간 역사를 재조 망이나 하듯 마치 망원경을 들고 과거를 굽어보고 있어 처 절한 싸움으로 기형적 멸망을 증언이나 하듯 나폴레옹의 대포와 프랑코의 대포가 완전히 식어 버려져 있어 마도로 스파이프 같은 구멍 속에서 웃고 있어

바로 뒤에서 건강한 숨소리가 달려왔어 대한민국 건아 황영조 마라토너가 마라톤에서 세계를 제패한 금메달을 목 에 걸고 환히 웃고 있어 몬쥬익을 오르던 내가 지금도 가슴 벅차서 황영조 얼굴이 훤해!

바르셀로나의 배꼽에 자리 잡은 투우장에서는 대서사시 가 혈관 속에서 흥분하고 있어 허망과 죽음을 짜릿하도록 외치고 있어 치욕과 분노를 불사르고 있어 이곳 거리의 광 장에 있는 '환상의 분수대처럼' 피에로의 물씬한 해학과 유 머가 낭만으로 뒤섞이고 있어 저녁은 저마다 흑장미 꽃 한 다발씩을 들고 얼굴 섞어 울렁대고 있어 화평과 자유라는 것을 그들의 몸짓과 눈빛으로 실천하고 있어 유보留保된 자 유는 지중해의 물살 소리로 노래에 뒤섞어놓고 있어 참으

로 빛나는 태양은 정열을 불태우고 있어 꿈의 나라임을 물
씬하게 발레리나 춤으로 다가와서 현란한 저녁별들의 속눈
썹을 유혹하고 있어

   귀와 코와 입술을 만져보다 문득 스페인 북서부 갈리시
아Galicia지방에 위치한 산티아고[Santiago de campostela]가 걸
어오는 것을 보고 있어 야고보의 무덤이 있는, 별들의 벌판
Campus stellae을 순례하고 있어 아니, 벌써 그림자가 그곳에
서 나에게로 달려오고 있어…

사라진 시간 위에 사는 나라 2
— 역사를 열심히 읽어야 자신을 창조한다는 까딸루냐

 그 나라의 사람들을 닮는다는 모든 환경에 관심을 쏟고 있어 국민성을 닮아 간다는 것은 그들이 보는 거울에서 확인하고 있어 길거리의 휴지통을 모두 투명체로 설치하는 곳에서 볼 수 있어 바로 동네거울이라고 자랑하고 있어 지나칠 정도로 나보다 먼저 국가를 애틋이 사랑하고 있어 다민족이면서 민족주의 냄새가 물씬거리고 있어 이웃을 먼저 라는 관습이 일상의 뿌리에 닿아 있어

 모든 거리 환경은 가운데에 배드민턴 놀이터 공간으로 활용, 오염감시를 다 하고 있어 시내 밀집된 주택가의 도로 한복판에 휴게소도 설치되어 있어 우체통, 공중전화, 의자 등 편의시설이 꽃냄새와 연결되어 있어 그들만이 유일한 미래의 자존감을 실현시키려고 앙코르 하고 있어

 이미 태양열을 저장하여 레이저 영상매체가 활용되고 있어 차량은 양쪽 인도와 함께 일방 통행케 되어 있어 마치 자연을 위해 사는 나라처럼 도시도 아늑한 눈짓을 하고 있어 시내 군데군데 무성한 마로니에 가로수를 비롯한 플라타너스 등 각종의 나무들이 의자를 내놓고 기다리고 있어 오가는 시민들의 쉼터가 즐비하여 오히려 한산하게 보였어

 차가 다니지 않는 거리의 날에는 인파들만 우리나라 강

강술래처럼 잃어버린 고리를 찾듯이 운집하여 온기를 나누고 있어 그들의 정직과 성실은 빛나는 태양이 내려준 것으로 믿고 있어 저녁이 마로니에 가로수 위로 내릴 때 지중해의 서늘한 바람이 일부러 손님들을 불러 모으고 있어

　이 나라의 돈키호테가 신비스럽고 솔직담백한 기질을 가진 정의로운 나라임을 각인시켜주고 있어 지중해의 물빛으로 감사함을 가슴으로 실천하고 있어 주로 94%의 가톨릭 신자들은 그들의 생명이요 종교생활을 통해 살아야 한다는 신앙심이 삶의 뿌리로 살고 있어 생명력은 신뢰를 먹고 나누기를 앞장서고 있어

　바르셀로나는 도시의 이름이지만 지방 자치구로서 독립성을 유지한 〈까딸루냐〉라는 정부임을 자랑하며 외치고 있어 그들의 걸음걸이는 호른댄스처럼 넘치는 용기를 보여주고 있어 언제나 시민의 광장에는 거리의 피에로가 악사들과 더불어 서로들 손잡고 보헤미안 랩소디를 즐기고 있어 자유의 날개들은 마치 공작새 깃털처럼 나풀거리고 있어 서로의 건강과 정분을 도탑도록 하기 위해 초콜릿 덩어리로 빛나고 있어

지중해의 여러 나라를 다녀오기를 좋아하고 있어 국왕이 있는 스페인의 수도 마드리드까지 종교의식에 참여할 때가 아니라도 주로 그곳으로 달려가서 벌떼처럼 윙! 잉! 윙! 잉 잉! 하고 있어 도둑놈들도 주말이나 종교의식의 날엔 편하기 때문에 도시가 텅텅 비워도 쉬는 날로 정해져 있어 역사책을 읽으면서 자신을 창조하고 있어 역사는 밤에 이루어진다는 말이 실감나게 생활하고 있어 주로 밤에만 이루어지고 있는 모든 중요한 행사는 일일생활권 내에서 나누고 있어 귀성의 문은 항상 열려 있기에 밖으로 나갔던 시민들이 대통령이 사는 〈까딸루냐〉의 정부 아래에서 자유를 구가하고 있어 밤의 올빼미처럼 새까만 눈과 푸른 눈의 혼혈 아들이 한민족처럼 같은 언어로 지껄이며 헤엄치고 있어 불나비처럼 밤을 사랑하는 열정을 다 바치고 있어 내일은 늦잠에서 깨어나도 누가 꾸중하고 간섭치 않아 본래적인 삶의 빛남을 텅 빈 충만으로 보여주고 있어 에로틱한 매혹으로 바다눈빛은 밀썰물로 충만 시키고 있어 슬퍼도 웃어보는 보헤미안 집시들의 밤은 푸른 별처럼 반짝이고 있어—

프랑스 못지않게 예술을 사랑하고 있는 그들은 모든 것이 문화예술로 생활하고 있어 유별나게 골동품을 좋아하고 있어 오래된 것을 몹시도 보존하는 보존 벽이 뿌리내려져 있어 그것을 통해 멜랑콜리를 달래고 있어 피카소, 호안 미로, 달리, 가우디, 밀러, 한때 올림픽위원장을 맡았던 사마린치도 자랑 안에 넣고 있어

많은 예술인들이 탄생되던 그때의 아이들 웃음소리를 콜라주 하다 보니 모든 것이 생동감으로 펄떡이고 있어 내가 이 땅을 밟을 때 현 대한민국 기존 애국가를 새롭게 작곡한 안익태 선생이 이 땅의 마유루카 섬에 살고 있어 그가 행복한 나라라고 술회할 만큼이나 깨끗한 상징질서들이 넘치고 있어 한 마디로 말해서 산뜻하고 인정미들이 매혹하고 있어

1492년 10월 스페인 왕의 도움을 얻어 이탈리아 탐험가 크리스토퍼 콜럼버스도 이 나라의 배 산타마리아호를 이끌고 이곳에서 출발하여 미 대륙을 발견했다고 자랑하고 있어 오면서 성병과 인디언 6명의 노예를 상륙시켰지만 그들은 내색하지 않고 유머로 전하고 있어 주고받는 것을 좋아했기 때문에 많아지는 흑인들을 비롯하여 다민족 시대를

열어놓고 있어 지금은 노예의 발들을 묶이던 쇠사슬 소리 '카슈 카슈…'는 전혀 들을 수 없어 다행스럽게 다시 이곳에 무사히 도착하여 정박의 세월을 정복한 자랑을 아이러니컬하게 보여주고 있어

　항구의 기질로 목이 큰 듯했으나 잘 절제된 혀끝을 불꽃처럼 감치는 스페인의 카바 와인Cava wine은 플라멩코 열정을 토해내고 있어 일몰을 더 부둥켜안고 쿠바에서 건너온 '하바네라' 노래와 춤을 추는 에스파냐는 새로운 역사를 창조하고 있어 지금은 지난 아열대 포퓰리즘 후유증으로 약간 냉온 차이는 있어 보화를 가진 것에서 유럽에서는 조금 뒤 떨어진 나라지만, 양보하여 나누는 나라임을 자랑하고 있어 나눌수록 가슴은 더 풍요해서 비둘기로 산다는 것을 설명하고 있어

　누군가가 이 지구촌에 당신이 살고 싶은 땅을 선택하라면 주저치 않고 유럽의 축소판인 바르셀로나라고 말할 수 있어 오! 곡선 속에 점과 선이 잇닿은 쉼표가 있는 바르셀로나여! 당신의 몬쥬익이라는 언덕 아래에 사는 보헤미안

이 되어도 공유하는 열정의 불꽃 플라멩코처럼 펄펄 거리
는 은유로 영원히 살고 싶어…오페라 카르멘의 아리아에
나오는 노래 '사랑은 길들이지 않은 새'를 찾으며…

바르셀로나 몬쥬익의 오후 지중해
— 검푸른 불꽃의 자유여

지중해의 오후 저 고독한 속살

사내들의 혓바닥을 태우는 전통 와인

오 코만다리 와인이 노을과 충돌하고 있어

꿈속의 낙원 키프로스 섬을 그리워하는

넝마주이 힙노스의 킬킬대는 유혹처럼

아킬레스의 탄력성이 꿈틀거리고 있어

디오니소스가 마셔본 경이로운 기쁨을

아프로디테에게 바치자

야! 야! 나파해변 바위에서 입술 불타도록

마시고 있는 감미로운 흑장미 꽃이여

매혹한 욕망들을 조금씩 입술에 적시는

아폴론의 젊음과 자존심을 투우장 복수로

잔인하게 쟁취하는 웃음이 폭발하고 있어

* 1992년 4월 25일 바르셀로나 몬쥬익 오후에 본 지중해.

스케일과 디테일의 창의적 결속을 통한 삶과 사물의 근원적 탐구

유성호

(문학평론가 · 한양대 교수)

1. 섬세하고도 역동적인 사유와 실천 과정

통영의 오랜 지킴이로서 등단 40년을 넘어서고 있는 차영한車映翰 시인의 열 한 번째 시집『거울뉴런』은, 삶의 현실과 초현실을 가로지르면서 인간의 내면과 무의식 그리고 사물의 존재 방식에 대해 가열한 탐구를 수행한 소중한 미학적 실례로 다가온다. 이번 시집에서 그의 현실과 초현실을 통합해내는 안목과 솜씨는 인간 무의식에 숨겨져 있는 잠재적 에너지를 끌어냄으로써 삶과 사물을 보다 더 선명하고 복합적으로

발견하고자 하는 데 미학적 목표를 두고 있다. 그 점에서 차
영한 시인의 시 쓰기는 자연스럽게 주체와 타자에 대한 동시
적 발견을 가능하게 하는 여정이라고 할 수 있을 것이다. 이
성과 감성, 생성과 소멸, 정靜과 동動, 생명과 무생명 사이를
끊임없이 횡단하면서 새로운 삶과 사물의 존재론적 가능성을
궁구해가는 차영한 시학의 경개景槪는 이처럼 새로운 인식론
적 접근을 통해 이루어지고 있다.

　일찍이 이러한 차영한 시학에 관해 "사물의 본질로 나아가
기 위한 시인 나름대로의 메타적인 언어 놀이"(정신재,「사이의
시학 – 차영한論」)라는 분석 결과가 있었거니와, 시인은 그만큼
다양한 기호를 통해 삶과 사물의 본질에 다가가려는 노력을
멈추지 않는다. 또한 사유와 감각의 폭과 깊이를 더욱 확장하
고 심화하여 자신만의 미학적 표지標識를 적극적으로 구축해
간다. 이러한 점은 이번 시집에서 더욱 깊어진 진경進境으로
나아가면서 한 단계 더 도약한 차원을 얻고 있는데, 이 길지
않은 글에서는 커다란 스케일과 꼼꼼한 디테일을 창의적으로
결속하여 삶과 사물을 근원적으로 탐구하고 있는, 이번 시집
에 나타난 섬세하고도 역동적인 시인의 사유와 실천 과정을
투명하게 개관해보고자 한다.

　2. 매혹적 환상 속에서 상상하는 인간 존재의 복합성

　차영한 시인은 「시인의 말」에서 다음과 같은 전언을 우리
에게 건네고 있다. 가령 시인은 자신의 시 쓰기야말로 "어떤

물신적인 질문에 잃어버린 그 해답"이기도 하고, "내 무의식의 역설을 오래전부터 간파하려고 한" 스스로에 대한 탐구 과정이기도 하다는 점을 분명히 밝힌다. 그 결과가 "내면의 이중적인 추상화(abstraction)와 충돌되지 않는" 상상력의 안간힘으로 나타난 것이고, 결국 시인은 자신만의 매혹적 환상 속에서 인간 존재의 복합성을 상상해가는 아름다운 탐색 과정을 우리에게 보여준다. 시집 첫머리에 실린 다음 작품은 그러한 과정을 형상적으로 보여주는 빼어난 가편佳篇이다.

날고 있는 구름 사이 빛나는 별은
내 눈알을 꿰뚫고 새카맣게 타면서도
초롱초롱 어둠을 밝혀주고 있어

거대한 꽃잎의 겹겹들이 벗기고 있어
폭발하는 성운들이 불꽃놀이하기 시작했어
중심으로 돌고 도는 행성처럼 소진된 힘 다하여
기체방울 속으로 떨어지고 있어

같은 눈빛들 다시 뭉치면서 달빛 속으로
이동하고 있어 경탄을 내뿜을 때마다
속눈썹 사이 새로운 별들 눈 깜박이고 있어
눈 깜짝할 사이 제 꽃자리에서 빛나고 있어

눈 감아도 다가오는 영혼의 파란 깃털 둘이 아닌

하나임을 가리키고 있어 경계로 흐르는 강과

바람들이 그 속을 씻어주고 있어 그대

아니더라도 낯선 배꼽 까만 점을 만지면서

움직이는 탄생… 윙크… 윙크 옳지!

팜파탈에서 아직 내가 살아서 또 새로운

나의 탄생을 실컷 보도록 하고 있어

　　　　　　　　　　　　—「새로운 눈의 탄생을 볼 때」 전문

　삶과 사물을 바라보는 '새로운 눈'은 어떻게 탄생하는가. 여기서 '별'의 이미지는 눈을 태우면서도 "초롱초롱 어둠을 밝혀주고" 있는 빛의 원천으로 나타난다. '태양'처럼 뜨겁게 작열하는 빛이 아니라 구름 사이로 희미하게 제 존재를 드러내는 '별'을 존재론적 기원(origin)으로 삼은 시인은 "거대한 꽃잎의 겹겹들"이 벗겨지고 "폭발하는 성운들이 불꽃놀이"를 시작한 순간을 새삼 목도한다. 안간힘을 다하여 기체 방울 속으로 떨어지는 '별'과 '꽃잎'과 '성운'의 연쇄는 시인으로 하여금 "같은 눈빛들 다시 뭉치면서 달빛 속으로/ 이동"하고 나아가 "속눈썹 사이 새로운 별들 눈 깜박이고" 있는 장면을 바라보게끔 해준다. 그 순간 "영혼의 파란 깃털"이 강과 바람을 거쳐 "움직이는 탄생…"이라니! 시인은 "살아서 또 새로운/ 나의 탄생"을 바라보는 일종의 자기 개안開眼 과정을 이렇게 노래한 것이다. 시인이 얻은 '새로운 눈'은, 다시 시를 쓸 수 있는 '시안詩眼'이기도 하고, 새롭게 삶과 사물의 근원을 들여다볼 수 있는 '영

안靈眼'이기도 하다. 그래서 차영한 시편은 이 '눈'에 의해 포착
되고 씌어지고 소통되는 힘을 적극적으로 견지하게 된다.

> 자작나무가 눈발에 새빨갛게 타던
>
> 그곳에도 나는 없었다. 다만
>
> 나무가 밟지 못한 발자국들이
>
> 승냥이를 쫓고 있다.
>
> 어떤 확신감에서 살도록
>
> 푸른 핏방울의 기억을 위해
>
>
> 욕망의 구덕이 아닌 눈 속에 묻혀
>
> 있을 수 있는, 어쩌면 샤머니즘
>
> 피리 소리를 듣는 뼈다귀로 웃을 수 있다.
>
> 늙은 구름으로 꿈틀거릴 때까지
>
>
> 눈 내리는 응시로부터 벗어난 자유인의 숨결마저
>
> 어둠의 눈구정에도 영하의 입김에도 없다.
>
> 없다. 늘 관념적으로 나무아미타불의 기만
>
> 하얗게 불타는 나무로 있을 수 있다.
>
> ─「나무의 무아無我」 전문

'무아無我'란 불변의 실체로서의 '나'는 존재하지 않는다는
불가적 견해를 깊이 함축한다. 시인은 "하얗게 불타는 나무"
라는 관념의 목소리를 빌려 어디에도 존재하지 않는 '나=나

무'의 역동적인 유동성과 가변성을 노래해간다. 다만 "나무가 밟지 못한 발자국"만이 남아 승냥이를 쫓고 "푸른 핏방울의 기억"을 쌓고 있을 뿐이다. 그러니 자연스럽게 욕망의 구덩이가 아니라 "눈 속에 묻혀/ 있을 수 있는" 순간은 어쩌면 시인으로 하여금 샤머니즘에 가까운 시선을 통해 피리 소리를 듣는 존재자로 거듭나게끔 할 수 있을 것이다. "자유인의 숨결"도 없고 "나무아미타불의 기만"만 관념적으로 반복되는 상황에서 그저 벌거벗은 "하얗게 불타는 나무"로 있으리라는 다짐과 확인은 그 자체로 존재론적 해답을 찾아가는 시인이 내면의 이중적인 추상화와 충돌되지 않는 상상력의 안간힘을 보여주는 뚜렷한 실례인 셈이다. 말할 것도 없이, 그것은 생명의 "이 엄청나고 두려울 만큼이나 아름다운 신비"(「인간 뇌의 비밀은 어딘가에 있어」)를 보여준다.

일찍이 프랑스의 비평가 장 벨망 노엘은 『정신분석과 문학』이라는 책에서 시적인 것은 "시인이 '느꼈던 것'에 귀착되지 않으며, 어떤 의미를 '말하고자 했던 것'에도, 또한 역사의 변천에 종속되어 있는 인간이 감동할 것임에 틀림없는 어떤 '느낌'에 귀착하지도 않는다"라면서 "꿈, 놀이, 허구의 작품이나 환영"이야말로 새로운 시적 발화의 원천임을 지적한 바 있다. 이렇듯 차영한의 시가 구현하는 '시적인 것'의 함의는, 대상 자체의 재현이나 주체의 내면 토로 이상의 어떤 것으로서, 꿈과 놀이의 언어적 상상력 속에서 성취해내는 환영에 가까운 물질성을 띠게 된다. 그래서 우리는 그의 시편 안에 담긴 '시적인 것'을 통해 하나의 신성하고도 자족적인 물리적 우주를 경험하면서, 시인 자신의 몸속에 빛나는 경험 하나가 각인 되는 순간을 맞는다. 차영한의 시에 담긴 '시적인 것'은 그 점에서 대상 자체도 아니고 그것을 해석하고 평가하는 주체의 신념도 아니고 주체와 대상이 하나의 정황(context)에서 만나는 관계를 언어적으로 재구성한 '소우주(microcosmos)'로 다가온다. 그래서 그의 시 안에는 사물이나 풍경의 재현보다는, 그와 맞서는 주체가 안아 들이는 매혹적 환영과 새로운 차원의 인식론이 함께 들어 있는 것이다. 이는 우리 시단에서 차영한 시인만이 외따로 구축하고 있는 고유하고도 개성적인 시적 영토가 아닐 수 없을 것이다.

3. '말의 기억'을 통한 시인으로서의 자의식

'말'을 통해 유추되고 구성되는 기억은, 시간예술로서 시가 가질 법한 속성을 오롯이 충족하면서 인간의 오랜 기원을 유추하게끔 하는 형질로 기능한다. 그만큼 '말의 기억'이란, 시가 오랫동안 쌓아온 핵심 기율이기도 하고, 망각된 것들을 탈환하는 경험적 방법론이기도 하다. 차영한 시인은 말의 기억을 통해 자신을 가능하게 했던 존재론적 조건과 기원을 깊이 사유하고 탐색한다. 그 점에서 그가 구축해가는 시의 시간성은, 과거로부터 격절된 현재가 아니라 과거와 미래를 한꺼번에 포괄한 현재형이다. 이러한 현재형을 구성하는 원리로서 시인은 사라져간 것들의 흔적을 상상적으로 복원하고 나아가 '오래된 미래'를 꿈꾸어간다. 이때 기억은 바로 현재에 대한 미적 비판이 되고, 미래적 비전은 지난날을 복원하는 과정에서만 가능해진다. 이러한 상상적 탈환 과정을 통해 차영한 시인은 자신의 삶과 마음을 되돌아보는 성찰의 자세를 줄곧 견지한다. 시를 향한 강렬한 자의식을 통해 격정과 성찰 사이의 균형 감각을 유지하고 있는 것이다.

> 부끄러움 앞에서는 떠오르는 태양도 그렇다
> 물속에서도 생생하고 초콜릿 빛깔을 유연하게
> 자랑하면서 감출수록 드러내는 구미를
> 감쳐오는 엄매 매! 엄매嬅呆*, 맛이네
>
> 얌생이 침이 고이도록 부딪치는 혀끝을 관능적으로
> 폭발시키는 갯바위 파도의 파안대소로도
> 허락지 않는 놋젓가락의 야만성 짓눌러도
> 빗나가는 해조 이파리 물갈퀴들이 당돌하게
> 휘몰아 절시증 같은 전자음악 선율마저 포획하는
> 연주 앞에 확 열어버린 매직미러
> 창 너머 펼쳐지는 벨리댄스
>
> 굽이마다 자르르 참기름 넘나들 때마다
> 광란하는 메두사의 머리카락들이 내 하얀 접시를
> 돌리면서 암컷 모기가 사람 피를 탐하듯
> 쌍끌이하는 젓가락 부러지는 엉거주춤도
> 벌건 동굴 안쯤에서 요절내네 녹아 넘치는 군침부터

그냥 꿀꺽 삼키는 거식증에 분간 못하는 개말*도

늘 간 맞추는 간에서 흔들리나니

　　　　　—「참말 먹는 법 — 이미지의 반란」 전문

　여기서 '참말'이란 해조류의 일종이지만 그것은 어느새 '진짜 말'이라는 겹의 의미를 중의적으로 내포한다. 그러니 '참말 먹는 법'은 감출수록 생생하게 구미를 돋우는 참말을 먹는 방법이기도 하지만, 경험을 해석하고 심미적 이미지를 세계에 부여해가는 예술적 방법을 함의하기도 한다. "물속에서도 생생하고 초콜릿 빛깔을 유연하게/ 자랑"하는 "엄매 매! 엄매婄呆, 맛"에서 '엄매' 역시 사전적 의미대로 남을 모함하는 어리석은 일을 뜻하기보다는 '어머니'를 유추케 하는 의성擬聲 형식으로 나타난다. 감쳐오는 엄매 맛이 침이 고이도록 부딪치는 혀끝을 관능적으로 폭발시킨다. 그렇게 해조 이파리 물갈퀴들의 이미지는 창 너머 펼쳐지는 발리댄스로 변형되어 가는데, 계속되는 연주와 광란 속에서 이루어지는 쌍끌이 하는 젓가락은 '개말'을 넘어 '참말'에 이르는 시법을 탐색해간다. 말하자면 그의 시는 "균열이 간 틈새마다 전율할 수 있도록 보이지 않는/ 그물망이 펼쳐져"(「궁금증」) 있는 미적 결실인 셈이다. 그 안에는 사라져간 것들의 흔적을 복원하면서 '오래된 미래'를 꿈꾸어가는 시인의 모습이 약여하게 나타난다.

　차영한 시인은 이 작품에 '이미지의 반란'이라는 부제를 붙였거니와, 이는 구상적인 해조류들의 외관과 생태를 들어 추상적인 '말의 기억'으로 이월해간 사례라고 할 수 있을 것이

다. 일찍이 마르크 샤갈은 "내가 말하는 '추상'이란, 대조법이
나 조형성 또는 심리적인 요소들과 함께 자연스럽게 일상생
활 속으로 걸어 나와 새롭고 낯선 요소들과 함께 화폭에 나타
나 감상자의 눈 속으로 스며들어가는 그 무엇을 의미"한다고
했는데, 차영한 시인의 추상 화법話法 역시 일상 속에서 걸어
나와 자연스럽게 읽는 이들로 하여금 "연계되는 잠재성"(「정지,
보이는 거울오브제」)을 통해 '참말 먹는 법'에 가닿게끔 하고 있다
는 점에서 "눕혀도 좋은 세워도 좋은 네 구미 맞춰 펄펄 끓여
내 목 구정까지 걸치도록 천천히 써보겠다는 글발"(「느낌표는
느낌으로 지우고 있어」)의 표현이요, "미혹하는 저 눈부신 물고기
비늘들로만 반짝이는 환몽"(「어떤 수면」)에 가까운 추상 화첩으
로 다가온다 할 것이다. 시인으로서의 깊고도 오랜 자의식이
여기 농울 치고 있는 것이다.

　　나는 말없음표를 밟고 가는 느낌표

　　'!'는 나의 지팡이다 짚다 닳도록 짚다가
　　어느새 마침표는 진보라 강냉이 알에 박히다

　　해골 이빨에나 씹히는 캄차카 섬의
　　유빙遊氷 밑층을 떠돌고 있어

　　녹는 어느 빙산 기슭에 쉬는 내
　　발목뼈가 눈사람으로 눈을 밟아서

북극곰의 콧부리에 굴리는 물음표 되어

나를 숨기고 있어 지팡이 짚을 때마다

툭 쳐보는 고슴도치도 웃어주고 있어

벌써 바닷속에서는 벌거벗고 춤추는

달팽이가 춤추고 있어 다시 비만증에 걸린

군소로 변절된 그때까지도 살아

뚜벅뚜벅 걸어 다니고 있어 말없음표 따라

느낌표를 짚고 생각하니까

사는 그림자가 웃어주고 있어 허허!…!

　　　　　　　　　　　　　　—「!는 나의 지팡이다」 전문

　시인은 스스로를 "말없음표를 밟고 가는 느낌표"라고 명명
한다. 느낌표(!)는 자신의 지팡이라고 고백한다. 그러고 보니
'느낌표'와 '지팡이'는 형상적으로 유추 가능하게 서로 닮았다.
시인은 그 '느낌표'를 지팡이 삼아 땅을 짚다가, '마침표'가 진
보라 강냉이 알에 박히는 순간에 닿는다. 나아가 시인은 "캄
차카 섬의/ 유빙遊氷" 밑을 떠돌다가 어느 빙산 기슭에서 쉬면
서 발목뼈로 눈을 밟는다. 그때 '느낌표'는 '마침표'를 지나 어
느새 '물음표'로 몸을 바꾸면서 자신을 은폐시킨다. '느낌표'라
는 지팡이를 짚을 때마다 춤추는 달팽이처럼 따라오는 '말없
음표'를 따라 시인은 결국 긍정적 웃음에 도달하는데, 이렇게

'느낌표-마침표-물음표-말없음표'라는 문장 부호의 교체와 연쇄를 통해 시인은 자신의 시 쓰기가 감각과 정착과 물음과 긍정에 이르는 과정임을 은유하고 있는 것이다. 그 안에는 "슬픈 울음들을 감추지"(「주말 봄에 허브 빗방울이 나를 낚고 있다」) 못하는 지극한 순정과 함께 삶의 신산한 "허구虛溝의 깊이"(「어떤 수면」)가 담겨 있고, "침묵 속 불덩이처럼 비밀한 나에게 물어보는"(「지금 나는」) 생의 불확실성과 "생명력에 대한 강렬한 믿음"(「인간 뇌의 비밀은 어딘가에 있어」)이 호혜적으로 공존하고 있을 터이다.

이처럼 차영한 시인은 삶과 사물에 대한 합리적 해석의 바탕 위에, 합리성만으로는 근본적으로 불가능한 인간 이해의 과정을 투명하게 겹쳐놓는다. 물론 우리는 합리적 의사소통 가능성만이 시의 존립 근거가 되는 것은 아니라는 점을 너무도 잘 알고 있다. 또한 차영한의 시가, 일부 난해성에도 불구하고, 난해성 자체를 어떤 미학적 필연성으로 가지고 있음에 상도想到하게 된다. 아닌 게 아니라 그의 시는 난해성 자체를 메시지의 일부로 삼고 있을 때가 허다하기 때문이다. 따라서 우리가 합리성과 난해성 사이에 존재하는 부정으로서의 초현실성에 대해 미학적 함의를 적극 부여할 경우, 우리는 매우 중요한 예술 정신의 한 측면을 차영한 시에서 발견하게 된다. '말의 기억'을 통한 시인으로서의 강렬한 자의식을 통해 "죽어서는 바람칼 되고"(「바람칼」)자 하는 '새로운 눈'의 새 한 마리를 지극한 순연성으로 바라보게 되는 것이다.

4. 존재 전환의 경험적 제의祭儀

다음으로 우리가 차영한 시인의 음역音域 가운데 중요한 지분으로 만나게 되는 것이 그의 남다른 '기행紀行' 편력이다. 그는 '기행시'란 모름지기 장면과 순간의 디테일을 잘 담아내야 한다고 생각하는 편이다. 아닌 게 아니라 '기행시'는 미지의 공간에 대한 호기심과 그에 따른 고도의 탐험 정신을 바탕으로 하기 때문에, 공간 이동을 수행하는 시인의 서사와 묘사를 통한 재현 과정이 불가결할 것이다. 물론 기행은 그 시간만큼은 자신을 송두리째 타자화함으로써 '낯선 자아'와 한껏 마주치게 하는 형식이고, 또한 일상으로의 흔연한 복귀를 전제로 한 떠남이기 때문에 필연적으로 '낯익은 자아'로 귀환하는 회귀형 구조를 취하게 된다. 하지만 다시 돌아온 '자아'는, 타자의 경험을 내면 깊숙이 받아들인 탓에, 이미 새로워진 '자아'로 거듭난 존재자일 것이다.

이렇듯 '기행'이란, 미지의 길 위로 자신을 내몲으로써 일상에 무심히 길들여진 자신을 적극적으로 성찰하는 방법 가운데 하나로 등극한다. 전혀 다른 방식으로 새로운 사물과 습속과 풍경을 이방異邦에서 만나보는 것은, 우리에게 무엇이 결핍되어 있고 무엇이 과잉되어 있는지를 성찰하게 해주는 가장 종요로운 실천적 행위가 되는 것이다. 또한 그것은 순수 원형의 자연 풍경 혹은 풍속의 속살들을 만나는 존재 전환의 경험적 제의祭儀이기도 하다. 다음의 시는 이 시집의 표제작이라 할 만하므로 한번 읽어보도록 하자.

땅에 앉았을 때부터 부질없이 살아온 그 자리 후끈하게 가슴 한복판 숫대에 불타던 기억들이 나의 DNA에 남아 있어 하나씩 하나씩 빙하의 깃털이 쭉쭉 뽑히고 우주 밖으로 활공하는 해방감의 열비悅飛를 얻고 있어 한라산으로부터 백두산을 한 바퀴 돌아 만주 중앙아시아를 거쳐 히말라야산맥을 주름 잡아 끌고 있어 잉카 마야문명의 숲 그 이전의 숨결과 생명력을 향유해 있는 마추픽추로 날아가고 있어

절대자유의 메신저 콘도르 새로 날고 있어

이 나라에는 죽음이 없는 고귀한 생명의 땅이기에 잠깐 날개를 바꿔야 했어 모든 것 뿌리치고 가파른 안데스산맥을 넘어서 깎아내린 2백 미터의 절벽에서 몸을 던지는 눈물을 자기 날개로 받아내면서 다시 환생하는 영혼의 새로 날고 있어 오로지 진화할 수 없을 만큼 유전적인 비상력 그대로 날갯짓하고 있어

이글이글 불타는 눈빛으로 고난도를 자랑하는 착지에서부터 천연치료제 점토를 찍어내어 핥으면서 계속 날 수 있어 이빨 갈아대는 악마들의 저주와 너무 믿는 육질 예찬에 휴브리스Hubris 하지 못하도록 소름 끼치게 날고 있어 통쾌감의 목구멍을 쭉 벌리면서 후줄근한 야수들이 으르렁거리는 울부짖음마저 하늘 높이 토해내고 있어

…(중략)… 왜 나는 순간 그곳에서 나를 찾고 있을까?

　　흡혈귀들이 웃어댈수록 피비린내 원한들이 알리려는 두려
움과 절망의 경계에서 나의 착시는 탈출을 과감하게 시도하
고 있어 먼저 하늘을 믿고 나는 한 마리 콘도르가 나의 눈짓
으로 비상하고 있어
　　바로 저기 이구아수폭포 일대에서 안데스 절벽을 반경으로
해안선을 주름잡아 기원전에 잃어버렸던 나를 찾기 위해 지
금도 높이 그리고 멀리 날고 있어
　　　　　　　　　　　　　　　―「나를 찾아 멀리 나는 새」 부분

　이 아름다운 작품은 "절대자유의 메신저"를 자임하는 '나를
찾아 멀리 나는 새'의 실존적 고백록이다. 새의 몸 안에는 부
질없이 살아온 자리를 넘어서 "후끈하게 가슴 한복판 솟대에
불타던 기억들"이 오롯한 DNA로 남아 있다. '거울 뉴런'으로
투시하고 있다. 빙하의 깃털이 뽑히면서 "우주 밖으로 활공하
는 해방감의 열비悅飛"를 얻어간 새의 비상飛翔은, 한라산으로
부터 백두산을 돌아 만주 중앙아시아를 거쳐 히말라야산맥으
로 내닫고 있다. 더러는 잉카 마야 문명의 숲을 거쳐 강렬한
숨결과 생명력을 간직한 마추픽추로 날아가기도 한다. 그렇
게 "절대자유의 메신저 콘도르 새"는 고귀한 생명의 땅에서
잠깐 날개를 바꾸더니 가파른 안데스산맥을 넘어 절벽에서
몸을 던지는 눈물을 날개로 받아낸다. 불타오르는 눈빛으로
계속 날아갈 수 있다고 믿는 그 '새'는 그 순간 탁하기 그지없

는 지상의 질서를 새롭게 건져 올리고 있다.

여기서 단단한 날개를 활짝 펼 때까지 무거운 흰 눈썹을 털어버리는 '새'는 깎아지른 절벽과 맞서 날아오르는 편협성을 날카로운 발톱으로 만들면서 스스로의 내면을 관조하는 냉엄한 자제를 견지한다. 그러니 "원초적인 영혼을 순간적으로 포착"하면서 '새'는 온갖 문명의 폭력과 변모가 웅성거리는 공간에서 "왜 나는 순간 그곳에서 나를 찾고 있을까?" 하는 엄혹한 실존적 물음에 도달하게 되는 것이다. 그렇듯 '새'는 간단없이 과감한 탈출을 시도하면서 "기원전에 잃어버렸던 나를 찾기 위해 지금도 높이 그리고 멀리 날고" 있다. 결국 이 작품은 차영한 시인의 실존적 초상임은 물론, 상처받고 살아온 인류 문명에 대한 거대한 위안이자 치유의 말 건넴이기도 하다. 또한 "쓰디쓴 말들이 뛰어서 낙타처럼/ 너도밤나무 그늘을 흔들면서 되새김질하는"(「터키나라 낙타를 타고」) 순간을 환하게 보여주기도 한다. 그 안에서 '나를 찾아 멀리 나는 새'는 우리에게 영원한 푸른 자유의 날갯짓과 신비스런 에로스의 블루칩을 보여주고 있다. 결국 이 작품은 기행 형식을 취하면서도 그 실질적 주체를 '새'로 의인화함으로써 훨씬 더 존재의 시원始原을 열망하게 되는, 다시 말해서 "자동 접속되는 늘 따뜻한 노크—/ …(중략)…/ 바로 거울에다 입김 스쳐도 공감하는/ 날개 보여주네 한 눈을 감겨도/ 바라는 눈높이만큼 환히 보이게/ 날갯짓하는 거울뉴런 오, 뇌신腦神이여"(「거울 뉴런 속에서 날갯짓하는 나비」)에서도 만나는 활달한 시편이라 할 것이다.

이미 비행기는 스페인 광활한 하얀 모래밭을 펼쳐 보여주고 있어 지중해를 낀 이베리아반도 바르셀로나 항구의 산호 숲으로 비행하고 있어 느슨한 염세주의자 증후군이 호기심에 이끌리다 텅 빈 연쇄 고리를 잡고 두리번거리고 있어 그러나 나는 거기에는 보이지 않아 볼펜의 노예가 되어 그 무엇을 놓치지 않고 있어 어떤 틈새를 보기 위해 메모는 피에로 코끝에 매달려 놀고 있어

　　　—「사라진 시간 위에 사는 나라 1 — 다시 떠오르는
　　　　　　　태양의 나라 스페인 바르셀로나」 부분

이 작품에서 시인은 "스페인 광활한 하얀 모래밭"이 시야에 들어오는 순간으로부터 "지중해를 낀 이베리아반도 바르셀로나 항구의 산호 숲"에 가닿기까지의 비행시간을 재현하고 있다. 그에게 그곳은 사라진 시간 위에 사람들이 살아가는 나라이고 다시 떠오르는 태양의 나라이기도 하다. "느슨한 염세주의자 증후군"이 어느새 호기심에 이끌려 그동안 "볼펜의 노예가 되어 그 무엇을 놓치지 않고" 있던 자신을 "어떤 틈새를 보기 위해" 떠나온 자의식으로 밀어 넣은 것이다. 이때 시인은 비로소 "나의 그림자는 벌써 자유를 찾아 돈키호테를 흉내" 내게 되고, "강철 같은 신뢰는 창조의 힘과 자유의 본질이 정당함을 보여주고" 있음을 알아가게 된다. 이러한 기행 과정에서 차영한 시인은 한결같이 "지중해의 오후 저 고독한 속살"(「바르셀로나 몬쥬익 오후 지중해」)이 뿜어내는 정동情動적 자유를 만끽하고, "그들의 정직과 성실은 빛나는 태양이 내려준 것"(「사

라진 시간 위에 사는 나라 2」)임을 깨닫게 된다. 거기에는 "곡선 속에 점과 선이 잇닿은 쉼표"(「사라진 시간 위에 사는 나라 2」)가 있기 때문일 것이다.

이렇게 차영한 시인은 '시 쓰기'와 '기행'의 기율과 방법과 본질을 상동적相同的으로 사유해간다. 그는 시가 스스로 겪어온 시간에 대한 경험 형식으로 씌어지는 양식이라는 점을 바탕으로 하여, 거기에 기행 경험이라는 구체적 시공간을 겹쳐 놓는다. 이러한 메타적 시 쓰기의 지속성은 참으로 이채롭고 값진 것이 아닐 수 없는데, 가령 그는 시가 시간에 대한 경험적 재구성의 양식임을 증명하면서 가장 오랜 풍경과 시원의 목소리를 통해 자신이 사유하는 어떤 정점에 가닿는 것임을 입증해간다. 그래서 우리는 차영한의 시편을 통해 이 불모와 폐허의 시대에 아직도 우리가 시를 쓰고 읽는 것이 이러한 시공간의 심층에 대한 구성 원리가 세상을 상상적으로 견디게끔 해주기 때문이 아닐까 하고 생각하게 된다. 그 점에서 '시인'이란, 오랜 시간의 흔적을 순간적 함축 속에서 발화하고 구성함으로써 이 불모와 폐허의 시대를 견디게 해주는 사람이다. 그 핵심에 존재 전환의 경험적 제의로서의 기행 형식이 가로놓여 있는 것이다. 그 형식을 통해 '시인 차영한'의 실존적 초상이 비근하게 우리에게 다가옴은 말할 것도 없으리라.

5. 가장 근원적이고 궁극적인 관심으로서의 시 쓰기

차영한의 기행시에는 섬세하고도 아스라한 시공간에 대한

농밀한 기억이 녹아 있다. 또한 그것은 우리가 잃어버린 어떤 가치에 대한 인지적이고 정의적인 충격을 서늘하게 선사한다. 물론 이러한 상상만으로 차영한 시의 존재론을 다 설명할 수는 없을 것이다. 하지만 우리가 여전히 그의 시에서 기행 경험을 강조하는 까닭은, 그러한 형식과 원리가 인간을 가장 근원적이고 궁극적인 관심으로 이끌어갈 수 있기 때문이다. 결국 우리는 이러한 시적 경험을 담은 차영한의 기행시와 함께 어떤 존재론적 기원으로 한없이 흘러가게 된다. 아닌 게 아니라 그 흐름의 은유 안에 감각과 상상력을 비끄러매면서 우리도 이 쓸쓸하고 고독한 세계를 살아가는 것이 아니겠는가.

생전에 어디서 본 듯한 그리스 에게 바다
물줄기 잇댄 이오니아 바닷가 물에 내 두 발을
담가봅니다 누군가 주황색 크레용으로
눈부신 일몰 직전의 파동을 배꼽에서부터
굽이굽이 새겨 줍니다

수평선이 배꼽 아래로 내려가지 않도록
불두덩 위로 끌어 올립니다 팬티가 경탄하도록
나의 아랫도리가 저절로 벗겨질 때
유혹하는 물살의 장난기마저 껴안아 봅니다
해 울음 울던 내 유년의 얼레질처럼
추스르는 이오니아바다, 오! 무지개 요람에서
플라멩코 춤으로 회열을 푸는 하얀 덧니들

보헤미안 랩소디처럼 머리부터 흔들어댑니다

더 구성지게 짜릿해오는 선율이 휘몰려옵니다

어머니가 몹시 보고플 때 자주 꺼낸

거울에 내 눈물방울 구르듯 바다 빛깔이

내 눈알을 씻어줍니다 눈 감을수록

어머니 젖꼭지에서 떨어지는

우유 빛깔 방울들이 내 조개입술에

닿아 안태본 눈물마저 받아 읽어 봅니다

바로 몇 발 안 되는 곳에 사도 바울이

직접 세운 교회로 손잡아 끌더니

바울이 앉았던 의자에 앉혀놓고 나를 찍어낸

카메라가 심심하면 사도 바울 만나자고

꺼내줍니다 이오니아바다 잊지 말라면서

너그러운 바울의 바다 빛 그리워하라고—

　　—「이오니아 배꼽물살 — 역설적逆說的인 향유」전문

　'이오니아 바다'를 인류의 배꼽으로 상상하면서 '역설적 향유'
를 누리는 과정이 섬세하게 새겨진 시편이다. 마치 "생전에 어
디서 본 듯한" 이오니아 바다에서 시인은 고향 통영 바다에서
처럼 "물에 내 두 발을/ 담가"본다. "주황색 크레용으로/ 눈부
신 일몰 직전의 파동을 배꼽에서부터/ 굽이굽이 새겨"놓은 듯
한 아름다운 바다에서 "수평선이 배꼽 아래로 내려가지 않도
록" 끌어올리는 상상적 과정이 아름답게 펼쳐진다. "유혹하는
물살의 장난기마저" 껴안은 채 시인은 "해 울음 울던 내 유년의

얼레질처럼/ 추스르는 이오니아바다"를 만끽하는데, 그렇게 몸
으로 다가오는 '희열'과 "짜릿해오는 선율"을 느끼면서도 한편
으로는 "어머니가 몹시 보고플 때 자주 꺼낸/ 거울"을 떠올리며
"내 눈물방울 구르듯 바다 빛깔이/ 내 눈알을 씻어"주는 것을
느껴보는 것이다. 눈을 감아도 우유 빛깔 같은 은방울들이 입
술에 닿는 그 순간, 몇 발 안 되는 곳에 사도 바울이 세운 교회
를 발견한 시인은, 바울이 앉았던 의자에서 찍은 사진과 함께
'이오니아바다'를 그리워할 자신을 한껏 느끼게 된다.

　　원래 프랑스의 정신분석학자 자크 라캉이 말한 '주이상스
jouissance'는 금기를 넘어서야 되기 때문에 고통을 주고, 실재
의 단면에 접촉하기 때문에 희열을 준다는 점에서 이중적 의
미를 내포한다. 주이상스를 고통스러운 희열로 해석하는 것
은 바로 그 때문이다. 하지만 차영한의 주이상스는 금기보다
는 오랜 시간을 거슬러 오르는 역류逆流를 통해 삶의 고처高處
를 지향한다는 점에서, 단연 동양적 처사나 선비의 기질을 닮
았다. 그 안에는 이역異域에서도 "조국에 가고 싶은 나그네를
보고/ 안개꽃 멜랑콜리를 내뿜는 순간 뭉클하게/ 망원경 속으
로 다가오는 고향 통영바다"(「보스포루스 해협에서」)의 시간을 응
시할 줄 아는 눈과 듣는 귀가 있는 것이다.

　　　이집트의 끝자락에서 본 사하라사막
　　　끝없이 펼쳐진 사평선沙平線의 적막
　　　한가운데에 내 또한 목마른 운명을
　　　오히려 맨발 아프게 직접 걷게 하였네라

걷다가 흰 낙타처럼

울 수 있다는 울음소리에 새카맣게 타고 있는

불사신의 눈물마저 내 혓바닥으로

핥아야 하는 짭짤한 생명

처절한 후회도 맛볼 수 있었네라

자유와 박해, 음모와 파렴치들

전혀 없음에도 고뇌하는 허무 일체들

가장 비겁한 식인종처럼 절박한

아우성으로 달려와 살덩이를 스스로

물고 뜯었나니 영겁의 뒤편에서

하트셉수트 여왕 미라의 눈물방울이 웃는

냉혹한 체온의 모래바람을 뒷산에 올라

보았네라 꿈틀거리는 4천 년 전 또 하나의

손짓을 알라딘 램프에서 펄럭이는 나일강물이

'필레신전'에서 예언서를 쓰고 있었네라
　　ㅡ「남쪽에서 북쪽으로 흐르는 나일강물 ― 이집트의
　　　　　　　　　　　　　　　　　　해마여」 전문

　남쪽에서 북쪽으로 흐르는 나일강에서 바라본 "이집트의
해마"를 소재로 한 이 시편은, 이집트 끝자락의 사하라 사막
에서 끝없이 펼쳐진 "사평선沙平線의 적막"을 전경화前景化한

다. 그 적막 한가운데에 "목마른 운명"을 맨발 아프도록 걷게 한 시간을 따라 시인은 "흰 낙타처럼/ 울 수 있다는 울음소리"를 내면에서 듣고는 "자유와 박해, 음모와 파렴치"를 넘어서 궁극적인 "허무 일체"에 가닿는다. 동향 선배 청마靑馬 유치환柳致環의 절창 「생명의 서」 분위기를 빼닮은 듯한 가열한 목소리로 시인은 "절박한/ 아우성으로 달려와 살덩이를 스스로/ 물고" 뜯는 "영겁의 뒤편"에 다다른다. "냉혹한 체온의 모래바람"을 뒷산에 올라 바라보면서 나일강물이 쓰는 예언서를 만난 것이다. 말할 것도 없이, 이 예언서에는 "혼종된 슬픈 민족의 노래"(「터키나라 낙타를 타고」)도 적혀 있을 것이고, "눈먼 보헤미안들을 맑디맑은 물로 온몸을 씻어주다 오히려 바위로 굳어버린 신들의 속살이 역동하고"(「그리스 아테네의 흰 돌산」) 있는 시간도 새겨져 있을 것이다. 나아가 "파피루스 숲에서 상형문자로 날아드는 새떼"(「이집트의 파피루스」)들도 둥지를 틀고 있고 "지구가 최초로 빅뱅 하던 천지개벽 소리"나 "하얀 불길 위로 비상하면서 천년설로 굳어진 빙하를 짓밟다 녹아내리는 말발굽 소리들" 혹은 "한곳으로 휘몰아오는 신神들의 발걸음 소리"(「나이아가라 폭포」)도 담겨 있을 터이다. "올리브나무 잎에다 시詩를 쓰고"(「그리스 라비린토스Labyrinthos 찾다」) 있는 신성한 힘은 그렇게 시인이 밟아간 여정을 충일하게 채우고 있었을 것이다. 이러한 속성을 암시적으로 드러내기 위해 차영한 시인은 방대한 자료와 경험을 일종의 콜라주 기법으로 통합하고 갈무리하는 미학적 세공도 마다하지 않은 것이다.

언젠가 프랑스 비평가 조르주 풀레는 『비평과 의식』이라는 저작에서 "놀이와 취향, 가면의 취미, 허구적인 존재에 대한 취향은 이제 가장 매혹적인 자극인 동시에 가장 마르지 않는 몽상의 원칙"이라는 점을 밝힌 바 있다. 차영한 시학이 보여 주는 기행 형식을 통한 몽상의 원칙은 오랜 시간의 적층積層에서 발원하면서 동시에 가장 매혹적인 상상적 자극을 통해 형성되고 번져가고 있다. 오랜 시간을 쌓아 이루어진 기억의 지층에서 그는 자신이 치러온 경험과 상상을 섬세하게 재현하고 있는데, 그러한 미학적 의지를 통해 삶의 고고학적 지경地境을 탐색하는 것이 말하자면 그의 시인 셈이다. 이때 우리는 그의 손길을 통해 가장 근원적이고 궁극적인 관심으로서의 시 쓰기가 가능해짐을 알게 된다.

6. 구심과 원심을 두루 갖춘 궁극적 자기 발견

우리는 시를 통해 현실에서는 불가능한 대체 질서를 꿈꾸고 극적인 존재 전환을 욕망한다. 물리적인 일상적 현실에서 벗어나 전혀 다른 시공간으로 상상적 이월을 감행하기도 한다. 그 시공간에서 이루어지는 시적 경험이란, 사물들로 언어의 자장을 한껏 넓혔다가 일종의 자기 발견으로 회귀하는 과정을 밟을 경우가 많다. 원심의 극한에서 구심의 견고함으로 돌아오는 순환 과정이 바로 그 안에 있기 때문이다. 차영한 시인의 이번 시집은 그 자체로 열정과 고요가 혼효된 사유와 감각의 기록으로서, 이러한 구심과 원심을 두루 갖춘 궁극적 자기 발견을 희원하는 마음으로 가득하다. 그것은 신성과 초월에 대한 순전한 열망을 담은 진정성 깊은 고백록으로 우리에게 남게 될 것이다. 그의 목소리는 시종 격정적이고 역동적이지만, 내밀하고 깊은 역설적 속성에 의해 깊이 감싸여 있다. 그리고 그 시상詩想은 한결같은 내면의 풍경을 선명하게 담아내면서 궁극적인 시원의 목소리를 발화하는 극점으로 나아가고 있다.

프랑스의 문예학자 바슐라르는 이미지 생성이 인간 존재의 근본적 움직임인 역동적 상상력에 의해 이루어진다고 말한 바 있는데, 차영한의 시편에서 물질적이고 역동적인 상상력은 시인으로 하여금 새로운 환상적 창조물을 길어 올리게끔 하는 핵심 역할을 한다. 원래 창조물에 의한 자기 충족적 공간에는 타자의 무의식이 들어설 틈이 생기기 쉽지 않은데, 차영한의 시편에는 현대인의 심층을 채우고 있는 타자의 무의식을 낱낱이 드러내는 역동적 동선動線이 가득하다. 그것은 도저한 삶의 밑바닥이나 가파른 벼랑에 서 있는 자의 감각에서 비로소 물질과 영혼의 파문이 시작된다는 것을 암시해준다. 다시 말하면 그것은 삶의 불모성과 맞닥뜨린 경험만이 심미적 창조물을 남길 수 있다는 시인의 운명에 대한 추인에 가까운 것이다. 물론 이는 탄탄대로를 걸어가는 모든 인간에게 던지는 충격과 변형의 지표이기도 할 것이다. 이처럼 차영한의 시는 구체적 삶의 실감을 통해 존재자들의 다양한 컨텍스트를 구성해간다. 그리고 존재의 원심과 사유의 구심을 높은 긴장에서 통합하는 과정을 통해, 일회성과 불가역성을 본질로 하는 시간관념에 저항하면서 존재 자체를 암시하고 충격하는 형이상학적 전율로서의 가능성을 보여준다.

차영한 시인은 이번 시집에서 시공을 넓혀 시원으로부터 현재를 거쳐 미래에까지, 소소한 일상적 주변으로부터 통영 바다를 거쳐 세계와 우주로까지 뻗어가는 모습을 보여주었다. 그는 그러한 확장 과정에서 중요한 삶의 이치들을 굴착해 간다. 그는 이집트 여행에서 그쪽에서나 우리 쪽에서나 신성한 상징적 속성을 가진 '풍뎅이'를 발견하거나, '파피루스 종이에다 최초의 지명 수배자를 그려낸 파라오'(「말의 무게 달기, Thoth의 서書」)를 떠올리면서 죽음을 삶으로 전환하는 과정에서 생기는 이집트의 환상을 발견하기도 한다. 그리스 '흰 소의 신화'에서는 불교 능엄경楞嚴經에서 힘을 과시한 '흰 소大力白牛'의 내력을 떠올리기도 한다. 이러한 동서양의 회통會通 과정은 차영한 시학의 남다른 깊이와 너비를 충실하게 증명해준다.

그렇게 시인은 '나이아가라 폭포'에서도, 이스라엘이나 이집트에서도, 스페인이나 터키에서도, 그리스의 라비린토스에서도, 삶이 가닿을 수 있는 최대치의 시공간을 탐색하면서 긴 호흡으로 산문적 장시長詩를 써간다. 앞으로의 차영한 시학이 나아갈 길도 암시적으로 보여주는 대목이 아닐 수 없다. 대여大餘 김춘수金春洙 시인 이후 통영 출신의 계보를 이어가면서도 더욱더 시적 아우라를 깊고 넓게 일구어가고 있는 차영한 시인의 진면목은 앞으로 더욱 활달하게 개진되어갈 것이다. 이번 시집에서 보여준 스케일과 디테일의 창의적 결속을 통한 삶과 사물의 근원적 탐구 과정이 참으로 아름답고 융융하고 깊게 다가오는 소이연所以然이다. ▨

| 차영한 |

경상남도 통영 땅에서 태어났으며, 진주시 진주대로 501(가좌동)소재 국립경상대학교 일반대학원 국어국문학과 졸업(현대문학전공－문학박사학위 취득)하여 같은 대학교 인문대학 국어국문학과에 다년간 출강하였다. 1978.10~1979.7, 월간『시문학』에서 추천이 완료되어 등단하는 한편, 동지의 통권 제484호에 문학평론「청마시의 심리적 메커니즘 분석」이 당선, 시 짓기와 문학평론 활동을 겸하고 있다. 시집은『섬』,『캐주얼 빗방울』,『바람과 빛이 만나는 해변』,『무인도에서 오는 편지』,『거울뉴런』등 11권의 단행본 시집을 출간하였고, 비평집은『초현실주의 시와 시론』,『니힐리즘 너머 생명시의 미학』등이 있다.

이메일 : solme6799@hanmail.net

거울뉴런 ⓒ 차영한 2019
─────────────────

초판 인쇄 · 2019년 6월 11일
초판 발행 · 2019년 6월 14일

지은이 · 차영한
펴낸이 · 이선희
펴낸곳 · 한국문연

서울 서대문구 증가로 31길 39, 202호
출판등록 1988년 3월 3일 제3-188호
대표전화 302-2717 | 팩스 · 6442-6053
디지털 현대시 www.koreapoem.co.kr
이메일 koreapoem@hanmail.net

ISBN 978-89-6104-234-5 03810

값 10,000원

＊ 잘못된 책은 바꾸어 드립니다.

이 도서의 국립중앙도서관 출판시도서목록(CIP)은 서지정보유통지원시스템 홈페이지(http://seoji.nl.go.kr)와 국가자료공동목록시스템(http://www.nl.go.kr/kolisnet)에서 이용하실 수 있습니다.

(CIP제어번호: CIP2019016267)